Jacqueline Mayerhofer

Our Mechanical Hearts

FSC
www.fsc.org
MIX
Papier aus verantwortungsvollen Quellen
Paper from responsible sources
FSC® C105338

Our Mechanical Hearts

Jacqueline Mayerhofer

Cyberpunk-Novelle

Impressum:

www.jacquelinemayerhofer.at
ISBN: 978-3-755757-37-5

1. Auflage
Covergestaltung: rock_0407 (Buchcoverdesigner auf Fiverr)
Unter Verwendung folgender Bilder: Roboter | www.pixabay.com
Umschlaggestaltung: Kira Ravens
Icons unter Verwendung folgender Bilder:
Künstliche Intelligenz: Eucalyp | www.flaticon.com
Roboter mit Mensch, Kopf, Welt, Raster: Freepik | www.flaticon.com
Mechanisches Herz: Vector Stall | www.flaticon.com
Illustration Seite 5: Julian Baldir & 1-NV-35 | The Artsy Fox
Illustration Seite 190: 1-NV-35 | Jacqueline Mayerhofer
Lektorat, Korrektorat: Kira Ravens
Satz: Jacqueline Mayerhofer
Herstellung und Verlag: BoD – Books on Demand, Norderstedt

Die Deutsche Bibliothek und die Österreichische Nationalbibliothek verzeichnen diese Publikation in der jeweiligen Nationalbibliografie. Bibliografische Daten:

http://dnb.dnb.de
http://www.onb.ac.at

Die Geschichte

Was passiert, wenn nicht alle mechanischen Herzen von Androiden und künstlichen Intelligenzen für die Menschheit schlagen? Wenn Menschen in einer fortschrittlichen Welt so austauschbar wie die Maschinen selbst sind?

Julian Baldir ist nur einer von vielen, die mit ihrem Leben unzufrieden sind. Oberdrein sind Jobangebote so rar, dass ihm nichts anderes übrigbleibt, als für einen Konzern zu arbeiten, der von einer KI geleitet wird und in dem Roboter von Robotern reproduziert werden. Ein weiterer unliebsamer Fixpunkt in Julians tristem Alltag, bis sich dieser durch die Begegnung mit dem alten, aussortierten Androiden-Modell 1-NV-35 – kurz: EnVau – völlig auf den Kopf stellt.

Our Mechanical Hearts ist eine Cyberpunk-Novelle, angesiedelt in einer dystopischen Zukunft, in der Roboter gegen Roboter kämpfen, um der Menschheit beizustehen.

Die Autorin

Jacqueline Mayerhofer, Autorin und Lektorin, wurde 1992 in Wien geboren. Sie beendete ihre Schulausbildung 2012 mit der Matura an einer Schule mit Schwerpunkt für internationale Geschäftstätigkeit und Marketing. 2019 schloss sie ihr Studium der Deutschen Philologie mit dem Bachelor of Arts an der Universität Wien ab und widmet sich seither dem Masterstudiengang ihres Germanistik-Studiums. Neben Romanen und Novellen hat sie seit ihrem Debüt 2008 zahlreiche Kurzgeschichten in unterschiedlichen Anthologien veröffentlicht. Zusätzlich lektoriert sie regelmäßig für KundInnen und Verlage. Seit 2016 schreibt sie auch Romane für andere Genres unter einem Pseudonym.

Zu den jüngsten Romanveröffentlichungen zählen der beim Verlag ohneohren erschienene Science-Fiction-Roman *Brüder der Finsternis* sowie ihre Novellenreihe *Hunting Hope* beim Verlag in Farbe und Bunt. Weitere Informationen unter: www.jacquelinemayerhofer.at oder auf Facebook / Twitter / Instagram.

Personenverzeichnis

- **1-NV-35** (kurz: **EnVau**): Altes Androiden-Modell auf der Suche nach Hilfe
- **Freddie**: Mitarbeiter der Firma *MelloDav* und Arbeitskollege von Julian
- **Julian Baldir**: Protagonist und Mitarbeiter von *MelloDav*
- **KL-0-0-13** (kurz: **Lina**): Gynoid und Mitarbeiterin von *MelloDav*
- **Leon Wollfin**: Julians Mitbewohner und Freund
- **MelloDav**: Künstliche Intelligenz und Leiterin der gleichnamigen Firma *MelloDav*
- **Nanny**: Erzählerin
- **Nova Rethfeld**: Mitarbeiterin von *MelloDav* und Arbeitskollegin von Julian
- **Tim**: Kind, das nicht schlafen gehen will

Begrifflichkeiten

- **Androide:** Männlicher, menschenähnlicher Roboter (wird auch für optisch geschlechtslose Maschinen verwendet).
- **Cyberspace:** Virtuelle Realität, Datenraum und digitale Welt. Vergleichbar mit dem Internet. William Gibson prägte den Begriff 1982, der seither in etlichen Science-Fiction-Werken Einzug findet und vor allem für das Genre des Cyberpunks prägend ist.

- **Cyberpunk**: Subgenre der Science-Fiction, das in den 80er Jahren entstand. Erstmalige Verwendung des Begriffs 1983 in einer Kurzgeschichte von Bruce Bethke. Oftmals dystopisch geprägt. Verbindungen von Mensch und Maschine in Form von Implantaten, Cyborgs und mehr.
- **Dystopie:** Das Gegenteil einer Utopie – gesellschaftskritisch und spielt meist in einer negativ geprägten Zukunft. Ebenfalls ein Subgenre der Science-Fiction, das oft in Zusammenhang mit dem Cyberpunk steht.
- **Gynoid:** Bezeichnung für explizit weibliche Androiden.
- ***MelloDav:*** Führender Konzern in Sachen Androiden- und Gynoiden-Herstellung innerhalb von *Our Mechanical Hearts*.

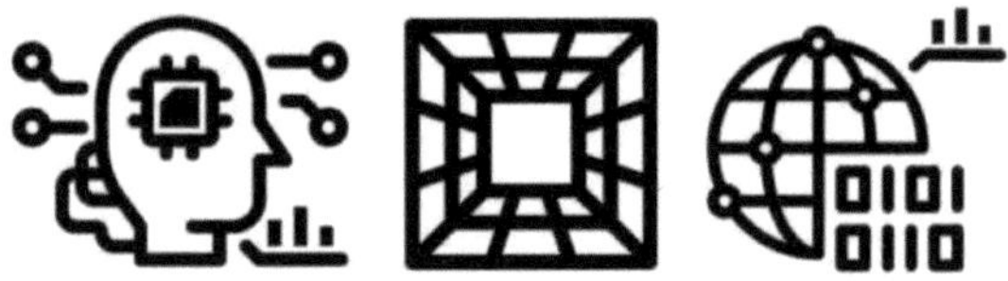

Prolog: Eine Geschichte

Köln, 2213

»Ich bin noch gar nicht müde, Nanny!«, beschwerte sich Tim, der bereits im Pyjama unter der Decke seines Betts lag. Wie es bei Kindern oftmals der Fall war, war dem Neunjährigen acht Uhr zu früh, um schlafen zu gehen.

»Haben wir nicht vereinbart, dass du mir eine Woche lang zeigst, wie brav du sein kannst?«, fragte ich mit einem Lächeln auf den Lippen.

Tim blickte missmutig auf seine kleinen Händchen, die auf der Decke lagen, und ballte sie zu Fäusten. Er rang mit sich, kam zu einem Entschluss und sah mich dann mit einem Funkeln in den Augen an, das ich nur zu gut von ihm kannte. »Ich bin brav! Und ich werde sofort schlafen gehen, wenn du mir zuerst noch eine deiner Geschichten erzählst.«

»Eine Geschichte?«, fragte ich wenig überrascht, tat dem Kind jedoch den Gefallen, so zu tun, als hätte ich nicht im Vorhinein gewusst, dass es diese Forderung stellen würde.

»Ja.« Tim lächelte.

»Was möchtest du denn hören? Ich kann dir eine Auswahl von unzähligen Geschichten bieten, die auf das zutreffen, was dir am besten gefällt: Abenteuer und Roboter.« Freundlich abwartend legte ich den Kopf schief.

»Roboter! Eine mit ganz vielen Robotern!«, verlangte Tim nun mit einem begeisterten Strahlen in den Augen.

Da ich diesen Jungen wie ein eigenes Kind liebte – jedenfalls unter der theoretischen Annahme, dass es mir überhaupt möglich wäre, eigene Kinder zu haben –, berührten seine Worte mein Herz noch stärker, als sie es sonst taten. Es schlug sogar etwas schneller. »Irgendwelche Wünsche?«

Tim grinste bis über beide Ohren. »Du bist die beste Nanny der Welt, also weißt du ganz sicher, was mir gefällt.«

Wieder lächelte ich liebevoll, da ich dankbar war, mich gerade um diesen Jungen kümmern zu dürfen – in einer freundlichen, warmherzigen Familie. »Wie wäre es dann mit ein wenig wahrer Geschichte?«

»Wenn sie nicht langweilig ist ...«

»Ist sie nicht. Ganz im Gegenteil. In meiner Geschichte geht es nämlich um einen Menschen, der zusammen mit einem Androiden die Welt veränderte«, erklärte ich ihm geduldig und beobachtete seine Reaktion. Tim wusste zuerst nicht recht, was er davon halten sollte, doch dann nickte er. »Okay. Und wenn du fertig erzählt hast, zeig ich dir, wie brav ich auf dich höre und schlafen gehe.«

Zärtlich wuschelte ich ihm durchs Haar, setzte mich auf die Bettkante und faltete meine Hände im Schoß zusammen. »Abgemacht.« Ich lächelte. »Kehren wir also genau siebenundsechzig Jahre in die Vergangenheit zurück, ins Jahr 2146, in dem ein Vorfall alles veränderte und als noch nicht jedes der mechanischen Herzen in dieser Welt für das Wohl der Menschheit schlug.«

Kapitel I: Ein schicksalhaftes Aufeinandertreffen

Niederkassel, 2146

»Wie ich diesen Job hasse«, maulte Leon und riss sich das Headset mit der integrierten virtuellen Brille vom Kopf. Sein Haar stand in sämtliche Richtungen ab und tiefe Druckstellen zeichneten sein Gesicht.

»So schlimm ist er auch nicht.« Julian kratzte sich nachdenklich an der Nasenspitze und betrachtete seinen Freund, der auf seine Antwort bloß ein genervtes Schnauben erklingen ließ. Sie saßen zusammen in einer Einzimmerwohnung, die sie sich als WG teilten, da die Mietpreise selbst in der Nähe von Köln allein kaum leistbar waren. Jedenfalls für Menschen wie sie, die in der Gesellschaft nicht sonderlich hoch standen. Da beide alleinstehend waren und kein besonders gutes Verhältnis zu ihren Familien hatten – dafür zueinander –, hatten die ehemaligen Schulfreunde vor wenigen Jahren beschlossen, ihre Ersparnisse zusammenzulegen und diese Wohnung zu mieten. Das System ließ ihnen nichts anderes übrig, wenn sie nicht auf der Straße landen wollten. In höhere Arbeitsschichten zu gelangen, um mehr zu verdienen – das kam fast schon einem Märchen gleich. Alles wurde teurer, aber

Löhne und Gehälter stagnierten. Wenn man nicht gerade in eine reiche Familie geboren wurde oder die richtigen Kontakte kannte, blieb einem nicht viel mehr, als das zu nehmen, was angeboten wurde. In ihren Fällen Jobs, die sonst keiner machen wollte, der oder die den Luxus besaß, an etwas Besseres heranzukommen. Heutzutage kostete schon ein Menü bei einer Fastfood-Kette ein halbes Vermögen. Kein Wunder, dass die Kriminalität dermaßen anstieg und Raubüberfälle, Drogenkonsum oder teilweise sogar Organhandel das Weltbild prägten und fast schon zur Tagesordnung gehörten. Oftmals sahen Menschen einfach keinen anderen Ausweg, als mal eben die eine oder andere Niere am Schwarzmarkt zu verticken, um über den nächsten Monat zu kommen. Und bei diesem wirtschaftlichen Wahn, für so viele Nebenaufgaben Androiden oder andere Service-Roboter einzusetzen, konnten Julian und Leon froh sein, wenn sie undankbare Arbeiten wie ihre erledigen durften, die ihnen kaum genügend Geld am Konto einbrachten, um menschenwürdig überleben zu können.

Julian betrübten diese tristen Gedanken, die in Wahrheit doch nur ins Nichts führten. Immerhin hatten sie Jobs. Selbst wenn sie es in Österreich oder der Schweiz versucht hätten, die Chancen wären nicht besser gewesen. Deutschland war da kein Ausnahmefall. Noch dazu konnten auch ihre jetzigen Jobs bald Geschichte sein. Wenn *noch mehr* wichtige Staatsangelegenheiten von künstlichen Intelligenzen gesteuert und kontrolliert würden, wie lange dauerte es dann, bis sie alle Bereiche übernahmen? Julians Meinung nach trauten die Menschen ihren Schöpfungen viel zu sehr, nahmen Armut und Not ihrer eigenen Spezies in Kauf, um die technische Evolution weiter voranschreiten zu lassen. Da war es nur eine Frage der Zeit, bis die Robos größenwahnsinnig wurden und sich geschlossen gegen die Menschheit stellten. Schon jetzt hatten sie in manchen Bereichen mehr Rechte als Menschen, die aufgrund von Hunger und Existenzangst zu Gewalttaten griffen. Dann auch noch Androiden gebaut von Androiden, während die gesamte Produktion von einer künstlichen Intelligenz geleitet wurde – das konnte böse enden.

Gereizt warf Leon sein Arbeitsgerät auf den Tisch und entledigte sich seiner VR-Handschuhe, die mit elektromagnetischen Impulsen mit dem Headset gekoppelt waren, damit er sich mit Fingerbewegungen in der digitalen Welt zurechtfinden konnte. Oder eher: damit arbeiten konnte.

Da er weiterhin nichts sagte und seine Laune zu kippen drohte, versuchte Julian die Situation zu lockern. Außerdem wollte er nicht länger über die Zustände der Welt grübeln. »Denk doch mal nach – du kannst zumindest von zu Hause aus arbeiten. Hat ja auch seine Vorteile, oder etwa nicht? Da musst du den Robos immerhin nicht persönlich ins Gesicht sehen und dich von ihnen schikanieren lassen. So wie ich zum Beispiel.«

Leon warf ihm einen abfälligen Blick zu. »Programmiere du mal den ganzen Tag den virtuellen

Raum einer Firma, wenn die Praktikanten zu dämlich sind, um richtig mit der Software umzugehen und für Bugs sorgen. Die richten mehr Schaden an, als sie uns helfen. Da ist es mir vollkommen egal, ob ich in einem realen Büro hocke oder hier auf meiner Couch in unserer stickigen, kleinen Wohnung.«

Julian griff nach einer Pfeife mit flüssigem Synthohol-Gas, das seine Sinne ansatzweise betäuben würde. Immerhin war das Zeug weniger schädlich als E-Zigaretten oder Dampfer, obwohl die rückständigen Genussmittel aus dem zwanzigsten Jahrhundert immer noch boomten. Außerdem war es wesentlich angenehmer, die Realität auf diese Art zu dämpfen, als richtigen Alkohol zu trinken und am nächsten Morgen den zugehörigen Kater zu ertragen.

Gewohnt drückte Julian auf den Aktivierungsknopf, inhalierte das beruhigende Gift und blies den Rauch Richtung Leon aus. Dieser wurde sogleich noch zorniger. Viele Alternativen hatte er nicht gehabt, obwohl er zumindest zum geschlossenen Fenster hätte blasen können. Zum Öffnen war ihm der Verkehr draußen zu laut.

»Ich verstehe deinen Ärger, wirklich. Trotzdem ändert sich nichts, wenn du in der Zeit, in der du die Brille nicht trägst, weiterhin mit den Gedanken in der Online-Welt feststeckst.«

Leon blickte grimmig über den vollgeräumten Tisch hinüber zur Holoprojektion, die über einen Datenkernwürfel abgespielt wurde. Derzeit lief irgendein alter Film, der für eine angenehmere Geräuschkulisse als jene, die von draußen hereindrang, sorgte. In der Komödie spielten keine Menschen die Hauptrollen, sondern Maschinen. Der darin enthaltene Humor ging auf Kosten alter Modelle, denen man ihren Roboterstatus sofort ansah, während die neuen Androiden und Gynoiden, die kaum mehr von Menschen zu unterscheiden waren, ständig auf ihre veralteten Geschwister losgingen. Zumindest handelte es sich zur Abwechslung mal um keinen der unzähligen Actionthriller, in denen oftmals ebenso moderne Androiden die Protagonisten spielten, die ihre Stunts selbst übernahmen, da sie bei ihrer Zerstörung einfach von dem führenden Androiden-Herstellerkonzern *MelloDav* ersetzt werden konnten. Derselbe Zynismus – alt gegen neu – traf in den Werbe-Holos auch vermehrt Flugzeuge und Autos. Wenn es so weiterging, alles mit etwas *noch Besserem* ersetzen zu wollen, sprach das doch auch dafür, die Menschen bald durch humanoide Maschinen auszutauschen. Oder etwa nicht?

Julian verkniff sich ein verbittertes Lächeln, während er – Leon zuliebe – den Rauch Richtung Fenster ausblies und den dichten Luftstraßenverkehr beobachtete. Was brachte es schon, von lauten benzinbetriebenen Motoren zu Elektroautos zu wechseln, die einen an jeder Straßenecke zu überfahren drohten, weil man sie nicht mehr hörte, während die Luftstraßen voll von fortschrittlicher Technologie in Form von Gleitern und Fluggefährten waren, die erst recht wieder laut und stinkig waren? Zumal sie an jedem Fenster vorbeirasten und Wohnungen wie diese dabei leicht vibrieren ließen, als passierte sie gerade ein Zug in Rekordgeschwindigkeit.

»Du ärgerst dich auch oft genug, wenn du von der Arbeit heimkommst. Also lass es mir wenigstens, ebenso etwas Dampf abzulassen«, antwortete Leon schließlich in versöhnlicherem Tonfall und riss Julian somit aus seiner Gedankenflut. Er saß erschöpft und niedergeschlagen auf der breiten Couch, die gleichzeitig als sein Bett diente. Julian verweilte indessen auf dem Klappbett in der hinteren linken Ecke des Raumes. Eine kleine Kommode und ein begehbarer Schrank, den sie sich teilten und der in einen Mini-Extraraum führte, nahmen beinahe den gesamten Rest des Wohnzimmers ein und ließen kaum Platz zum Gehen. So einen Luxus wie ein Schlafzimmer gab es für sie nicht. Die Wohnung hielt gerade noch ein mickriges Badezimmer inklusive Toilette darin bereit. Die knappen dreißig Quadratmeter mochten für eine Person ausreichen, für zwei erwachsene Männer waren sie eine Farce. Aber wie hatte Julian so schön gesagt? Es brachte nichts, sich über Dinge aufzuregen, die man nicht ändern konnte. Immerhin teilte er sein Los mit Leon, was zumindest ein schwacher Trost war.

Leon wedelte den Rauch des Synthohol-Gases vor sich aus der Luft. »Übrigens, deine Aussage zu Homeoffice und so: Was hab ich davon, wenn ich dauernd in virtuellen Welten feststecke und auf Fehlersuche bin? Die lassen mich doch ständig Überstunden schieben. Die kurzen Pausen ohne dem Ding auf dem Kopf machen das auch nicht wieder wett.«

»Immerhin hast du einen Job, der in der Gesellschaft angesehener ist als meiner. Außer man liebt die Robos, dann bin ich für viele ja ein anständiger Arbeiter«, antwortete Julian spöttisch und zog an seiner Pfeife. »Du begegnest den Mitarbeitern nur als Avatar. Draußen gafft dich niemand an, als wärst du ein Aussätziger – ein Verräter an der Menschheit.«

Leon schüttelte den Kopf und langte nach einem kalten Stück Pizza, das in einem fettdurchtränkten Karton auf dem Tisch lag. Er biss herzhaft hinein. »Mag sein«, sagte er kauend. »Wenn du aber den ganzen Tag in einer Konzernsimulation hockst, damit die Firma ebenso gut wie eine haptische läuft, und ständig irgendwelche Newbies dafür sorgen, das eine oder andere Programm zum Absturz zu bringen, frage ich dich, wie viel dir nach einem Zehnstundentag noch bleibt? Meinst du, ich habe dann noch großartig Energie, rauszugehen? Irgendetwas Soziales zu machen? Von *sozialem* Zeug hab ich im Cyberspace schon genug mit all diesen Idioten.« Grimmig stopfte sich Leon das restliche Stück Pizza in den Mund, stand auf und öffnete demonstrativ das Fenster, da Julian keine Anstalten dazu machte. Der Rauch zog nach draußen, dafür drang der Lärm der Luftstraße dröhnend in ihr Zimmer und überlagerte die Tonspur des Films, die über die Lautsprecher an den Wänden neben der Projektion erschallte.

Julian lächelte. Typisch Leon. Schlecht gelaunt, endlos lange Sätze und eine Menge an Informationen, die man auch wesentlich einfacher hätte ausdrücken können. Im Grunde genommen nichts Neues. Er deaktivierte die elektronische Pfeife, legte sie auf den Tisch, lauschte einen Moment lang den vorbeirauschenden Luftfahrzeugen und stand auf. »Man wünscht sich immer das, was man nicht hat«, sagte Julian und bemühte sich, dabei laut genug zu sprechen, damit Leon ihn über den Lärm hinweg verstand. Drei Schritte weiter griff er sich die Uniformjacke seiner Arbeitskleidung.

Leon drehte sich zu ihm um und setzte sich auf den schmalen Fenstersims. Auch er erhob nun die Stimme. »Ich weiß. Du bist eher der praktisch veranlagte Typ. Vielleicht sollten wir mal tauschen, Jules. Ich arbeite einen Tag lang in der Fabrik oder übernehme deine Hausbesuche, und du hockst dich auf die Couch und versinkst in einer Welt aus Einsen und Nullen, die dir irgendwelche Möchtegern-Programmierer auf den Kopf stellen.«

Julian lachte und schüttelte entschieden den Kopf. »Ich denke nicht, dass das funktionieren würde. Ich habe nicht das notwendige Know-how dafür. Ich bringe dir manche der virtuellen Abteilungen bestimmt selbst noch zum Absturz. Und dann bist du deinen Job los. Mal ganz davon abgesehen, dass ich in meiner Jugend ein wenig *zu viel* Zeit im Cyberspace verbracht habe.« Er tippte auf sein Handgelenk mit einem Implantat darin. Statt der Schläfe, wie es üblicherweise der Fall war, hatte er es als Teenager vor seinen Eltern verheimlicht und deshalb eine unauffälligere Stelle gewählt.

Auch Leon lächelte wieder und schien wesentlich besänftigter zu sein. »Hast auch wieder recht. Obwohl es schon spannend wäre, mal einen Tag in deiner Arbeit zu sein.«

»So spannend ist das nicht, wenn Maschinen deine Chefs sind und du nach deren Pfeife tanzen musst.« Julian zuckte mit den Schultern. »Die sind noch schlimmer als übelgelaunte Menschen, mit ihrem Perfektionismus und ihren Kalkülen.«

»Und du meinst, ich arbeite nicht für Maschinen? Die Inhaber des Konzerns sind zwar Menschen, aber sie arbeiten dennoch mit einer firmeninternen KI zusammen, nach deren Berechnungen sie ihre Gewinnausrichtung festlegen. Also machen sie auch nicht mehr als du – nach deren Pfeife tanzen. Und ich? Ich tanze nach der Pfeife meiner Chefs. Läuft also letzten Endes auf das Gleiche raus.«

Julian richtete sich den Kragen und ging zur Tür. »Stimmt schon. Trotzdem – du bleibst in der Gesellschaft anonym. Die Robo-Hasser erkennen *mich* auf der Stelle.« Er deutete demonstrativ auf seine graublaue Uniform, drückte auf einen Knopf über der Brust seiner Jacke und aktivierte ein kleines Holo-Feld mit dem Namen seiner Firma. Bunt stand darauf *MelloDav*.

Leon betrachtete ihn einige Sekunden lang, dann schloss er das Fenster und ging mit den Schultern zuckend zurück zur Couch. »Schalt das Ding doch ab, bis du in der Fabrik bist.«

»Erstens *müssen* wir draußen wandelnde Werbeschilder sein, zweitens würde mich meine Uniform ohnehin verraten.« Julian griff zur Steuerkonsole neben dem Ausgangsschott. »Schönen Tag, Kumpel.«

Mürrisch brummend griff Leon nach seinen Handschuhen mit den heiklen Elektrosensoren, hob sein VR-Headset und zeigte Julian eine demotivierte Daumen-Hoch-Geste. »Dir auch, Jules. Mach die Welt ein bisschen besser.«

»Mach die Welt ein bisschen besser«, murmelte Julian als Antwort und verließ das kleine Apartment. Als er einen letzten Blick nach hinten warf, sah er gerade noch, wie sich Leon das Headset wieder auf den Kopf setzte und sich zurücklehnte, um in die Simulation des Cyberspaces einzutauchen und dort weiterzuarbeiten, wo er zuvor aufgehört hatte.

Die Fahrt ins Stadtzentrum von Köln kam Julian wie eine halbe Ewigkeit vor. Es wäre verlockend gewesen, sich eines der flinken Luftstraßentaxis zu mieten, die per Autopilot flogen, doch sie waren einfach zu teuer. Somit fuhr er mit einem der alten Hover-Busse, in denen es im Sommer gleich noch heißer als draußen war und oftmals schrecklich müffelte. Zwar warfen sich schon lange keine Jugendlichen mehr davor, um die Fahrzeugsensoren der KI auf die Probe zu stellen, dennoch brauchte das Shuttle länger, weil es die alten Straßenwege am Boden nutzte. Julian musste dadurch fast eine Stunde opfern, während man Köln mit den Flugtaxis in zwanzig Minuten erreichte. Zeit, in der Julian hasserfüllte Blicke zugeworfen bekam – oder auch freundliche. Neutralität wäre ihm lieber gewesen. Weder wollte er mit den Robo-Hassern noch mit den Robo-Liebhabern zu tun haben. Er wollte so anonym wie Leon sein – ein Avatar in einer Gesellschaft, die aus einer perfekten Mischung von Realität und Virtualität bestand.

Gedankenversunken beobachtete er, wie ein Gynoid mit drei Hunden an der Leine die Straße überquerte. Wieso sich die meisten überhaupt Tiere zulegten, wenn sie sich nicht einmal selbst darum kümmerten, sondern ihre Maschinen dazu beauftragten, war Julian ein Rätsel. Das machte nicht halb so viel Sinn, wie beispielsweise Essensauslieferungen von Robotern erledigen zu lassen, denen es auch bei Stürmen, Eiseskälte, brütender Hitze oder Regenschauern gleichgültig war, draußen herumzuspazieren. Erst gestern hatten Julian und Leon sich ihre monatliche Pizza gegönnt, die sie ein Vermögen gekostet hatte und die von einem *MelloDav*-Androiden ausgeliefert worden war. Das war eben die Normalität.

Sein Blick glitt weiter, während er unzählige Läden mit bunten Neonreklametafeln – teilweise in Form von Holo-Bildern – beobachtete, die an ihnen vorbeiflitzten. Als der Hover-Bus bei einer Ampel anhielt, beobachtete Julian, wie eine Frau mit einem alten Robotermodell vor einer Auslage mit Modekleidung schimpfte, weil dieses offensichtlich irgendetwas falsch gemacht hatte. Wie der Zufall es so wollte, befand sich keine drei Meter entfernt ein Androide der neusten *MelloDav*-Generation, der spöttisch die Lippen zu einem Lächeln verzog und den Kopf über die Unfähigkeit seines veralteten Robo-Kumpels schüttelte.

Julian runzelte die Stirn. Man begegnete in jeder Lebenslage humanoiden Maschinen, mit denen sich viele Menschen sogar um einfache Jobs wie Taxifahrer, Paketlieferant, Aushilfskraft in Läden oder Billeteur im Kino stritten, doch was auffällig war, war die Tatsache, wie die menschlichen Kopien von Androiden und Gynoiden auf ihre blechernen, älteren Geschwister reagierten. Als hielten sie sich für etwas Besseres. Oder bildete Julian sich das bloß ein, weil er während der Arbeit ständig mit den *MelloDav*-Robotern zu tun hatte?

Er unterdrückte ein müdes, freudloses Gähnen, als der Bus sich wieder in Bewegung setzte. Alsbald versank er wieder in gedanklicher Trance, bis er wie automatisch aufstand und sich bereit machte, da die nächste Haltestation seine war. Er folgte dem Strom zum Ausgang, stieg aus dem Hover-Bus und stolperte plötzlich, als ihm jemand gegen die Schulter stieß. Julian rempelte dadurch irrtümlich eine Teenagerin an.

»Verzeihen Sie vielmals«, erklang sofort eine leicht blechern klingende Stimme neben ihm.

»Hey!«, beschwerte sich das Mädchen und funkelte Julian anklagend an.

»Tut mir leid, war keine Absicht. Ich …« Zu mehr kam er nicht, ein Androide drängte sich zwischen Julian und das Mädchen. Er war eindeutig eines der alten Modelle, da er weder über Haut noch Haar verfügte und wie das aussah, was er war: eine Maschine.

»Das war nicht die Schuld des Herren, Fräulein«, sagte der Roboter. Etliche Passanten wichen ihnen aus oder warfen ihnen genervte Blicke zu, da sie zu dritt im Weg standen. Der Bus fuhr mit surrend ratterndem Motor davon. Er hatte hörbar eine Generalüberholung nötig. Über ihren Köpfen rasten Gleiter die Luftstraßen entlang und irgendwo in der Ferne bellte ein Hund.

»Ich war unachtsam und …«, setzte der Roboter an, doch diesmal war er es, der unterbrochen wurde.

»Ist mir scheißegal, Blechhaufen.« Die Teenagerin richtete ihre Aufmerksamkeit auf Julian. »Ihr passt ohnehin zusammen.« Sie zog eine abfällige Grimasse. »Nehmen Sie den fehlerhaften Robo am besten gleich mit und lassen Sie ihn verschrotten.«

Noch ehe Julian etwas darauf erwidern konnte, war es erneut der Androide, der das Wort ergriff. »Bei allem Respekt. Ich funktioniere einwandfrei. Das Gedränge der Menschen hat bloß kurzzeitig für eine Störung meiner Stabilisatoren gesorgt.«

Das Mädchen verzog so angewidert das Gesicht, als hätte sie in eine saure Zitrone gebissen. »*Füße* nennt man das, Robo.« Sie wandte sich an Julian, der beschlossen hatte, nichts mehr zu sagen und sich langsam der Situation zu entziehen. »Verräter.« Damit spuckte sie ihm vor die Stiefel, drehte sich um und marschierte durch einen Strom aus Menschen.

Julian seufzte und steckte seine Hände in die Hosentaschen. »Dir auch einen schönen Tag.« Er wandte sich um und ließ den Androiden stehen. Maschinen nahmen Pünktlichkeit genau. Jede Sekunde nach Dienstbeginn wurde vermerkt. Besser, er beeilte sich und …

»Herr?«

Auch das noch. Julian ignorierte den Roboter und beschleunigte sein Tempo, wich dabei einigen ihm entgegenkommenden Passanten aus.

»Warten Sie! Herr …« Eine kurze Pause, gefolgt von lauten Schritten hinter ihm. »Herr Julian Baldir.«

Julian hielt nicht inne, aber er warf einen Blick über seine Schulter nach hinten. Er konnte es nicht leiden, wenn Maschinen ihn scannten und somit an sämtliche Daten gelangten, die eigentlich unter Datenschutz standen. Nicht so jedoch für KIs und Roboter. Vor denen konnte man so gut wie nichts schützen. Der Staat betrachtete sie nicht als Gefahr. *Ihre Daten sind innerhalb des kollektiven Netzes der Datenspeicherbanken der KIs so sicher wie nie zuvor – geschützt vor Hackern, beschützt von Maschinen,* hieß es immerzu, doch das änderte sich rasch, wenn einer dieser *Hacker* beschloss, eine dieser *Maschinen* zu knacken.

»Herr Baldir!«

»Was ist denn nun?«, blaffte Julian den Roboter an, der an seine Seite gelangte und ihn aus runden, leuchtenden Augen anblickte. »Ich wollte mich dafür entschuldigen, Sie in diese prekäre Lage gebracht zu haben.«

»Welche Lage? Jene, von einer Teenagerin angemault zu werden, weil ich Robos unterstütze?«

»Genau ebendiese Lage.«

»Das prallt an mir ab. War nicht das erste Mal, dass man mich als Verräter bezeichnet.«

Der Androide legte den Kopf schief und drehte sich – ohne hinzusehen – zur Seite, um Passanten auszuweichen. Gruslig, aber kein ungewohntes Bild. Diese Blechdinger nahmen viel mehr mit den Sensoren in ihren Körpern wahr als mit den optischen Kameras in ihren Köpfen, die ihnen als Augen dienten.

»Ich bin froh, dass es Menschen wie Sie gibt, Herr Baldir.«

»Menschen wie mich braucht man eigentlich nicht mehr.«

»Doch, tun wir.«

»Wir?«

»Ja, wir Roboter«, sagte die Maschine und begleitete ihn weiter, während Julian in eine Straße einbog über deren Gebäudedächern zu beiden Seiten dutzende Holo-Reklametafeln zu sehen waren.

»Gut. Ihr braucht mich. Hat sich das Thema jetzt erledigt?«, fragte Julian und blickte auf das Smartpad an seinem Gürtel. Zehn Minuten bis Arbeitsantritt. Er hatte ganz vergessen, unterwegs etwas zu essen zu besorgen, so abgelenkt war er von der Situation gewesen.

»Ja. Allerdings hätte ich eine Bitte an Sie, Herr Baldir.«

Ein Murren unterdrückend kramte Julian nach seinem Chip und hielt ihn an das Sensorfeld neben der Tür. Sie öffnete sich.

»Störe ich Sie etwa? Ihrer emotionalen Ausdrucksweise beziehungsweise Ihrer Mimik nach zu urteilen, haben …«

Julian drehte sich zu dem Roboter um und tippte ihm an die harte Stahlbrust, wo ebenfalls leuchtende Kreise zu sehen waren. Er schwankte keinen Millimeter und wartete aufmerksam ab.

»Hör zu, Kleiner. Wer auch immer du bist oder was auch immer deine Aufgabe ist – ich muss meiner nachkommen. Wie du bestens erkannt hast, arbeite ich für deine Brüder und Schwestern. Also hab nun die Güte und zisch ab.« Julian drehte sich um. Aus dem Augenwinkel erkannte er allzu deutlich, wie dicke Rauchschwaden aus der angrenzenden Lagerhalle gen Himmel quollen. *Seine* Fabrik. Für viele war er nicht nur ein Verräter an der Menschheit, sondern auch einer an Mutter Natur. Technischer und industrieller Fortschritt bedeuteten wirtschaftlichen Fortschritt – solchen Konzernführern war es gleichgültig, was mit dem Planeten geschah. Zwar behaupteten sie in der Öffentlichkeit das Gegenteil, doch wie es hinter den Kulissen aussah, interessierte nur wenige, solange genug Kohle erwirtschaftet wurde. Ob Mensch oder Maschine an der Spitze standen, machte in diesem Fall keinen Unterschied, denn selbst die supertollen, kybernetisch verzweigten und bis zum Platzen mit Wissen und kausalen Zusammenhängen vollgestopften Gehirne der Robos waren letzten Endes in erster Linie auf schnellen Profit aus, weil sie darauf programmiert wurden. Sie wussten sogar noch besser als Menschen, wie sie diesen erzielen konnten.

Genug mit diesem tristen, trockenen Sarkasmus, dachte er und betrat das Gebäude durch die Hintertür.

»Herr Baldir! Bitte.«

Julian ignorierte den alten Androiden.

»Herr Baldir!«

Die Tür schloss sich und … gab augenblicklich ein Störgeräusch von sich. Konnte es sein, dass …

Julian drehte sich um und erblickte einen silbernen Arm mit grünen, eingearbeiteten Elementen darin. Tatsächlich – der Roboter blockierte die Tür, die noch einmal zu schließen versuchte und dann wieder aufging.

»Julian Baldir?«, erklang hinter ihm eine sanfte Stimme. Hastig drehte er sich um und versuchte die Sicht auf den Roboter zu verstellen, der erst recht wie selbstverständlich an seine Seite trat und dem neu hinzugekommenen Gynoiden entgegenblickte. Ausdruckslos erwiderte die künstliche Frau sein Starren. Sie war hübsch, kaum mehr von einem Menschen zu unterscheiden. Und dennoch haftete ihr etwas Steifes an, das sie kalt wirken ließ.

Ihr Kopf ruckte zu Julian. »Nun, dieses alte Konstrukt hinter Ihnen erklärt immerhin Ihren erhöhten Puls und Ihr nervöses Verhalten«, kommentierte sie, dann sah sie wieder zu dem Roboter, der sich keinen

Zentimeter bewegt hatte.

»Modell Eins-NV-Fünfunddreißig: Ich bitte dich, dieses Gebäude zu verlassen. Deine Anwesenheit ist nicht autorisiert.«

1-NV-35, wie Julian soeben erfuhr, hob ansatzweise die Hand und legte seinen ovalen, glänzenden Blechkopf schief. »Ich habe ein dringendes Anliegen an den Menschen.«

»So? Herr Baldir arbeitet für *MelloDav*, demzufolge untersteht er unserer Obhut. Ist dein Anliegen privater oder beruflicher Natur? Ersteres hat in diesem Fall nämlich seit exakt einer Minute und achtzehn Sekunden, seitdem du Herrn Baldir also aufhältst, keinen Platz in den Hallen der Firma, da seine Schicht in Kürze beginnt und er daraufhin für die nächsten zehn Stunden einzig und allein *MelloDav* gehört. Also uns.« Julians Robo-Kollegin lächelte so freundlich, dass er den zurechtweisenden Unterton in ihrer Stimme fast überhören hätte können.

»Sollte es sich aber um ein Anliegen beruflicher Natur handeln, das mit den Zielen unseres Konzerns übereinstimmt, also Zweiteres, kannst du es gleich an mich richten, Eins-NV-Fünfunddreißig. Herr Baldir ist als Fabrikmitarbeiter der Klasse sieben zu keinerlei größeren Entscheidungen befugt.«

Na danke, du eiskalter Klotz, dachte Julian. Er ließ sich nach außen hin nicht anmerken, dass ihn die Worte des Gynoiden verärgerten, ihm ein ums andere Mal zeigten, wo er wirklich stand; wo sein Rang innerhalb der Gesellschaft lag. Sie zerstörte jede Illusion. Noch tiefer konnte man fast nicht mehr sinken. Wo die Roboter früher noch die Sklaven der Menschen waren, waren die Menschen es nun für die Maschinen. Ein Weltbild, das sich so drastisch geändert hatte, dass Julian sich fragte, wann der geeignete Moment gewesen wäre, einzugreifen. Aber vermutlich kümmerte das die großen Köpfe der Konzerne nicht sehr, wenn am Ende des Monats der Betrag am Konto stimmte. Für den Fortschritt und so. Die KIs mussten es ja schließlich mit ihren Supercomputerhirnen wissen.

Julian hätte dem noch weitere sarkastische Anekdoten hinzufügen können, doch er konzentrierte sich lieber wieder auf die beiden Androiden.

1-NV-35 fixierte den Gynoiden weiterhin. »Welcher Natur mein Anliegen ist, geht nur mich etwas an. Ich möchte mit diesem Menschen sprechen, nicht mit Meinesgleichen, Modell KL-Null-Null-Dreizehn.«

»Lina. Man nennt mich Lina, Eins-NV-Fünfunddreißig.«

»Und mich nennt man EnVau.«

Bildete sich Julian das ein oder war EnVau, wie er sich soeben vorgestellt hatte, beleidigt?

»Inkorrekt, Eins-NV-Fünfunddreißig. Derart alte und vom Markt genommene Modelle wie du verfügen über keinen individuellen Namensspeicher. Ihr seid pure Dienstroboter.«

»Und dennoch habe ich ein Recht darauf, von einem Menschen und nicht von einem verwandten Modell angehört zu werden«, sprach EnVau dagegen.

Lina presste das Tablet, dem Julian erst jetzt gewahr wurde, gegen ihre Bluse. »Inkorrekt, Eins-NV-Fünfunddreißig. Wir sind keine verwandten Modelle, wir teilen nicht denselben Schöpfer. Von Menschen geschaffene Maschinen unterstehen jenen wie uns. Wir haben Rechte, Modelle wie du nicht. Du kannst froh sein, dass wir eure Existenz dulden und euch nicht verschrotten, um aus euren Teilen neuere Modelle wie uns hervorzubringen. Obwohl sich von euch ja nicht besonders viel verwerten ließe, eher verschmelzen, damit eure Existenz doch noch Sinn hatte.«

EnVau machte einen Schritt auf sie zu und hob in einer bemerkenswert menschlichen Geste erneut die Hand, deutete anklagend mit dem Zeigefinger auf sie. »Niemand spricht mir mein Recht ab – weder Mensch noch Maschine! Ich habe eine Bitte und ich habe das Recht, diese anzubringen, KL-Null-Null-Dreizehn.« Dass er Lina absichtlich bei ihrer Modellnummer nannte, tat EnVau wohl nur, um sie zu reizen. Was Wirkung zeigte. Die kalten Augen des Gynoiden verengten sich. Der Griff um das Tablet wurde so fest, dass es knackte.

»Zehn Sekunden. Wenn du diesen Bereich innerhalb meiner Frist nicht verlässt, sorge ich eigenhändig dafür, dass man dich terminiert.«

»Ihr seid …«, begann EnVau, doch diesmal war es Julian, der ihn unterbrach. Schnurstraks trat er zwischen die beiden Roboter und hielt jeweils einem von ihnen eine Hand entgegen, um sie auseinander zu drängen. »Schluss jetzt mit diesem lächerlichen Robo-Rassismus!« Er blickte von EnVau zu Lina. »Ihr seid beide Roboter – das Recht liegt bei mir, zu entscheiden, ob ich mir EnVaus Anliegen anhöre oder nicht.«

Lina betrachtete ihn einige Sekunden lang, schien etliche Optionen in ihrem logisch geprägten Verstand durchzugehen, ehe ihr Blick zur Wand mit der Uhr glitt. Ihre Augen huschten wieder zu ihm, ihr Mundwinkel hob sich im Anflug eines zynischen Lächelns. »Es liegt mir fern, Ihnen vorzuschreiben, mit wem Sie in Ihrer Freizeit sprechen und mit wem nicht, Herr Baldir. Ich weise bloß darauf hin, dass Sie sich bereits auf Firmengelände befinden und Ihr Dienst in zwei Minuten beginnt. Da Sie sich immer noch hier im hinteren Eingangsbereich aufhalten, könnte die Verzögerung mit dem aufdringlichen Androiden dazu führen, dass Sie es nicht zeitgerecht zu Ihrer Arbeitsstelle schaffen. Allein der Weg in die Hallen kostet Sie eine Minute und zweiunddreißig Sekunden, wenn ich Ihr Gehtempo richtig berechne. Wenn Sie meinen, achtundzwanzig Sekunden erübrigen zu können, um sich das Anliegen eines drittklassigen Modells anzuhören, obliegt die Entscheidung Ihnen. Doch weise ich Sie zusätzlich auf die siebenundneunzigprozentige Wahrscheinlichkeit hin, dass Modell Eins-NV-Fünfunddreißig sich nicht derart kurzfassen können wird. Schon gar nicht, wenn Eins-NV-Fünfunddreißig nicht vor mir erläutern möchte, worum es geht. Ein Weg nach draußen würde nochmals fünf der achtundzwanzig Sekunden kosten.«

Julian unterdrückte den Impuls, seine Hände wütend zu Fäusten zu ballen. Was er hörte, waren kaum die endlos langen Sätze von Lina, sondern eher eine Reihe von Zahlen und Sekunden und … Drohungen. Diese Roboter waren wahre Meister darin, Menschen wie ihn mit ihrer nüchternen Neutralität zu unterjochen.

Allmählich unruhig wandte er sich an EnVau. Es hatte keinen Sinn, mit Lina zu diskutieren. Am Ende musste er noch den Kopf dafür hinhalten, dass diese beiden Robos sich nicht ausstehen konnten. »Warte auf mich. Ich höre mir nach Dienstschluss an, was du zu sagen hast, wenn es derart wichtig ist, dass du mir wie ein Hund hinterherrennst und dich sogar mit Deinesgleichen anlegst.«

EnVau konnte zwar mit dem rechteckigen Schlitz, der ihm als Mund diente, nicht lächeln, aber wie er sich sachte verneigte und dankbar den Kopf senkte, zeigte Julian, dass er es auf seine Weise tat. Und mit Maschinen kannte er sich aus. Vor allem mit den alten Exemplaren.

»Ich danke Ihnen, Herr Baldir.«

Julian winkte ab, wich Lina aus, die ihn vollkommen emotionslos fixierte, und beeilte sich, den Vorbereich der Lagerhalle zu verlassen. Ohne noch einmal zu den Robotern zurückzublicken, verfiel er in einen Laufschritt.

Kapitel II: Der Auserwählte

Der Tag war nicht besser geworden. Im Gegenteil – der Hauptrechner von *MelloDav*, die KI, die den Konzern leitete und auf denselben Namen hörte, hatte ihm zwei Androiden vorbeigeschickt, die ihn abmahnten und rügten, ganze siebenundzwanzig Sekunden zu spät gekommen zu sein. Zur Strafe musste er zwei Stunden länger bleiben und auch die Maschinen der Nebenhalle warten, dazu den Serverraum der KI putzen. Er hasste es, wenn er zum Putzdienst verdonnert wurde. Immerhin stand diesmal kein Routinecheck der Systeme an, da es sich um einen Strafdienst handelte, weshalb er sich glücklicherweise auch nicht über sein altes Implantat mit dem Cyberspace verbinden musste. Das hasste er nämlich noch viel mehr.

Es war ohnehin komisch. Eine Maschine befehligte eine Armee von Maschinen, die wiederum neue Maschinen schufen – und dennoch stellten sie Menschen ein, um jene Baumaschinen zu warten, die ohne Logik und Intelligenz – ohne eigenem KI-Kern – funktionierten. Julian war sich sicher, dass sie dafür keine Menschen wie ihn brauchten, wenn sie sich schon selbst reproduzieren konnten und der Staat keine Sanktionen dagegen einleitete, sondern den Robos blind vertraute, weil sie das Leben ja so viel *einfacher* machten. Dass man des Nachts kaum mehr auf die Straßen gehen konnte, ohne nicht von jenen Gruppierungen überfallen zu werden, die ihren Job wegen der Robos verloren hatten, wurde in den Medien nicht zum Thema gemacht. Stattdessen konzentrierte sich der Nachrichtendienst darauf, dass immer wieder Robos angezündet oder mutwillig zerstört wurden. Einhergehend mit starker Kritik daran, dass die Menschen sich selbst im Weg stünden, wenn sie nicht anerkannten, dass das Zeitalter, in dem sie es gewesen waren, die Androiden erschufen, schon lange vorbei war. Eine neue Ära war angebrochen und in dieser reproduzierten sich Maschinen eben selbst; konnten das so viel besser als fehlbare Menschen.

Die Androiden waren nun viel leistungsfähiger und funktionierten länger. Außerdem wurden sie nach und nach sogar zum Menschenersatz auf beziehungstechnischer Ebene, so menschlich wie sie mittlerweile aussahen. Somit war es nicht nur Missgunst, die Robos in der Arbeitswelt auslösten und die bereits aufhetzend genug gegen sie war, sondern auch das Privatleben der Menschen, das auf den Kopf gestellt wurde und regelrechten Hass gegen die künstlichen Intelligenzen in Androiden-Körpern auflodern ließ. Seinen Job an eine stumpfe Maschine zu verlieren, war schon schlimm genug, aber dann auch noch seine ehemalige Partnerin oder seinen ehemaligen Partner plötzlich mit einem Blecheimer Hand in Hand gehen zu sehen, war für viele letztlich der Tropfen, der das Fass zum Überlaufen brachte. Der sie dazu trieb, gegen die Robos vorzugehen und gegen sie zu demonstrieren – oder sie zu demolieren.

Julian konnte es ihnen nicht verübeln. Mit ihrer Perfektion auf jeder Ebene, die es Menschen schwer machte, nicht beim kleinsten Anzeichen eines Problems mit einer fehlerlosen Maschine verglichen zu werden, wurde das sprichwörtliche Benzin ins Feuer der Ungerechtigkeit gegossen. Und es stimmte schon, mit Maschinen lag man selten in einem Streit, und soziale Interaktionen waren oftmals weniger kompliziert als mit Wesen aus Fleisch und Blut.

War das die optimale Zukunft? Verdrängte sich die Spezies Mensch damit nicht selbst irgendwann? Und war schon mal jemand auf die Idee gekommen, dass es nur eine Frage der Zeit sein konnte, bis diese Armee von Super-Androiden beschloss, dass die Menschheit allgemein ersetzbar war? Sie nicht länger einen Nutzen für die Ziele der Maschinen darstellte? Was auch immer ein solches Ziel sein konnte – Julian wusste es nicht. Obwohl … dieser seltsame EnVau schien ein eigenes Ziel zu besitzen. Er war gespannt darauf, was der Robo ihm zu sagen hatte. Außerdem kam er nicht umhin, ständig daran zu denken, wie gerne er Lina die Meinung gegeigt hätte. Wie gerne er einer selbstgefälligen Maschine wie ihr gesagt hätte, dass sie ihn mal kreuzweise konnte, und dass er sich auf der Stelle anhören würde, was EnVau zu sagen hatte. Dann wäre er jedoch seinen Job los gewesen. Dass die feinen Androiden Menschen wie ihn einstellten, war nichts weiter als ein Mittel zum Zweck, um zu zeigen, dass sie auch Arbeitsplätze geben konnten und sie nicht nur nahmen. Eine Farce. Aber wer war er schon, sich zu beschweren? Er musste mit dem Strom des Systems schwimmen, wenn er nicht untergehen wollte. Wie alle.

Und um ehrlich zu sein: Es war ein langweiliges, dafür halbwegs bequemes Leben. Veränderung kostete immerhin auch eine Portion Überwindung und Mut. Vielleicht sollte er sich besser an Tagen wie diesen nicht nur auf die Kehrseite der Medaille konzentrieren, da nicht alles nur schlecht war. Außerdem nervte es ihn allmählich, dass sich seine Gedanken ständig um Dinge drehten, die nun einmal waren, wie sie waren.

Julian wusch sich die ölverschmierten Hände in der Herrentoilette und hörte die Spülung gehen. Eine Tür wurde geöffnet und Freddie trat aus der Kabine. »Julian? Noch da?«, fragte dieser überrascht, stellte sich zu ihm und wusch sich ebenfalls die Hände.

Julian trocknete sie sich mittlerweile ab. »Nicht mehr lange. Musste etwas länger bleiben.«

»Zu spät gekommen?«

»Ganze siebenundzwanzig Sekunden«, antwortete er mit einer ordentlichen Portion Verhöhnung in der Stimme.

Freddie lachte und wischte sich über den Vollbart. »Unerhört, Julian. Was erlaubst du dir?«

Nun musste auch Julian lachen, obwohl seine Laune alles andere als gut war. Jetzt blieb nur noch zu hoffen, dass EnVaus Anliegen den ganzen Trubel wert war. Irgendwie bezweifelte er das, obwohl der Androide doch recht energisch gewirkt hatte. Ob er noch auf ihn wartete?

Falls er mittlerweile abgehauen ist und mir umsonst Strafüberstunden beschert hat, läuft die Blechbüchse mir lieber nicht noch einmal über den Weg, dachte Julian und schenkte Freddie ein Grinsen, das nichts von seinen Gedanken preisgab. »Tja, ich gelobe Besserung.«

»Besserung. Wenn ich das Wort schon höre.« Sein Kollege machte ein Würgegeräusch. »Also viel *besser* ist seit der Robo-Expansion nichts geworden. Vielleicht bin ich aber auch einfach zu alt für diesen Scheiß.«

Eigentlich hatte Julian so schnell wie möglich gehen wollen, doch Freddie war jemand, den er bereits seit Jahren kannte. Eine gute Seele von Mensch. Er und seine Arbeitskollegin Nova Rethfeld waren zwei der Menschen, die seinen Job halbwegs akzeptabel machten und ihn stets aufmunterten, wenn es unerträglich wurde. Und da Julian es nicht übers Herz brachte, den alten Brummbären einfach so stehen, ihn in seinen eigenen, trüben Gedanken versinken zu lassen, warf er die Papierhandtücher in den Müll und lehnte sich an ein Waschbecken. »Viele betrachten die Maschinen als die große Hoffnung unserer Zukunft. Selbst die alten Menschen, die zwar keine Ahnung von Technik haben, dafür aber Hilfe und Unterstützung von den Robos erhalten. Ich meine, Altersheime sind so gut wie ausgestorben.«

Freddie murrte. »Ja, mag schon sein. Für mich wäre das aber nichts, mich am Ende meiner Lebtage von solchen Dingen abhängig zu machen. Hab noch fünf Jahre bis zur Pension, danach will ich frei von den Robos sein. Hier bei *MelloDav* hab ich genug mit denen zu tun.«

Julian suchte mit einem kurzen Zögern nach den richtigen Worten. »Kann ich verstehen. Sie sind trotzdem nicht nur das ultimative Böse, wie so viele meinen. Die Menschen sind allgemein viel entspannter und Androiden in arbeitstechnischer Hinsicht oftmals auch wesentlich zuverlässiger, wenn wir beim Beispiel des Altersheimersatzes bleiben. Du darfst zu Hause bleiben, bist auf kein Pflegepersonal angewiesen, stirbst in deinen eigenen vier Wänden. Das ist ein Vorteil.«

»Du klingst fast wie einer dieser reichen Bonzen aus den Medien.« Freddie verschränkte die Arme vor der Brust. Ein deutliches Zeichen dafür, dass er sich vor ihm versperrte.

Julian lächelte sachte. »Das ist nur meine Meinung. Für viele alte Menschen war es eben die Hölle schlechthin, in ein Heim zu kommen. Robos scannen dich rund um die Uhr, vergessen niemals deine Medikamentenzeiten, die richtige Dosis. Sie sorgen dafür, dass sich jemand um dich kümmert, leisten dir Gesellschaft, damit du nicht vereinsamst. Die Androiden …«

»Ach, verschon mich endlich mit diesen Lobpreisungen!«, unterbrach ihn Freddie unwirsch. »Du klingst jetzt nicht nur wie die Luxus-Snobs dort draußen, sondern auch wie die Teenies, die sich von ihren Robos entjungfern lassen und es noch glauben, wenn die Blechbüchsen ihnen die große Liebe vorspielen.«

Obwohl sein Kollege so barsch mit ihm sprach und Wut seine Worte durchtränkte, war Julian bewusst, dass dieser Zorn, der in Freddie brodelte, nichts mit ihm persönlich zu tun hatte. Also nahm er ihn auch nicht gegen sich. Die folgenden Fragen konnte er sich trotzdem nicht verkneifen. »Hast du nicht selbst einen uralten, billigen Robo daheim, der den Haushalt übernimmt? Für dich kocht? Mit dem du Holo-Kartenspiele am Abend zockst?«

»Ja, und? Die sind eben hilfreich!«, rechtfertigte sich Freddie.

Julian zuckte mit den Schultern. »Siehst du?«

Freddie schien sich wieder etwas zu beruhigen und wurde sanfter. »Tut mir leid, Julian. War nicht gegen dich gemeint alles.«

Er lächelte. »Ich weiß, keine Sorge. Ich schlafe trotzdem nicht mit Robotern. Nur so als Info nebenbei.«

Nun lachte Freddie sogar, bevor seine gutmütigen Augen wieder in Traurigkeit versanken. »Weißt du, es ist eben so mühsam. Erst letzte Woche hätte ich ein Date gehabt. Hab sie auf einer Social-Media-Plattform im Cyberspace kennengelernt. Wir verstanden uns wirklich gut.« Er wich Julians Blick aus. Dieser konnte sich schon denken, wie die Geschichte endete, lauschte dennoch gespannt Freddies Worten.

»Einen Tag vor unserem Date hat sie abgesagt und mich plötzlich geghostet. Ich bekam keine Antworten mehr. Drei Tage später hab ich ihr neues Profilbild gesehen …« Er schnaubte verächtlich. »Sie hat sich einen unserer verfluchten *MelloDav*-Robos zugelegt! Einen dämlichen *Robert*! Robert und Roboter, verstehst du? Und das in ihrem Alter!«

Obwohl Julian betroffen wirken wollte, konnte er sich ein kurzes Lachen nicht verkneifen. Freddie funkelte ihn daraufhin so wütend an, dass er sich wieder zusammenriss und sich dazu zwang, empört zu wirken. »Lass mich raten, sie hat sich für die Beziehungsoption entschieden?«

»Ja! Wo kommen wir da hin, wenn sich jetzt jeder einfach jüngere und perfektere Robos nimmt, anstatt sich dem wahren Leben zu stellen und mal wieder auf ein Date zu gehen, das vielleicht nach hinten losgehen könnte? Ich meine …« Wieder schnaubte er, diesmal jedoch fassungslos. »Wie viel schwerer soll es noch werden? Ich bin in einem Alter, in dem ich ohnehin schon weniger Chancen habe. Und dann tanzt da so eine beschissene Maschine an, die von unserer künstlichen Chefin erbaut wurde, und stiehlt mir jegliche Möglichkeit auf eine Beziehung! Nur, weil mein hinfälliges Date wohl dachte, es wäre mit einem Androiden für die letzten Jahre besser dran als mit einem vielleicht sogar noch komplizierten Menschen. Sie geht den einfacheren Weg! Was, wenn das irgendwann alle tun? Dann kann ich mir doch gleich die Kugel geben!«

Je länger Freddies Monolog wurde und umso mehr er ihn ergänzte, desto betroffener wurde Julian. Freddie kratzte an die Sechzig, seiner Meinung nach war das noch kein Alter, in dem man derart das Handtuch werfen sollte. Doch was hier vor allem aus dem Mann sprach, waren Resignation und eine ordentliche Portion Frust. Julian hatte Mitleid mit ihm, konnte ihm das allerdings nicht zeigen, da er wusste, dass Freddie daraufhin noch zorniger reagieren würde.

Also atmete er langsam aus, um mehr Zeit zu gewinnen, ehe er antwortete. »Ich verstehe dich, wirklich. Und das ist natürlich nicht fair. Aber du steckst in einer Zwickmühle, aus der du nicht so schnell entkommst.«

»Ja!«, brauste Freddie auf. »Weißt du, wie das ist, für den Feind zu arbeiten?«

»Ich würde die Robos nicht als Feind bezeichnen, Freddie. Es gibt genügend Vor- und Nachteile. Sie sind ein wichtiger Teil unserer Gesellschaft und Wirtschaft geworden, eine Welt ohne sie ist fast nicht mehr vorstellbar. Sie machen ja wirklich vieles einfacher.«

»Tja, meiner Meinung nach hätten sie sich von Anfang an aus menschlichen Beziehungen raushalten sollen! Und dann kommt da noch der Staat und meint, die Blechbüchsen sollen gleichberechtigt behandelt werden. Künstliches Leben und so ein Scheiß.«

Julian fühlte sich von Minute zu Minute unwohler. Nicht nur, weil EnVau vielleicht tatsächlich noch auf ihn wartete, sondern auch, weil er selbst nicht wusste, auf welcher Seite er stand. Er hatte nichts gegen die Androiden, konnte ganz gut mit ihnen leben, doch auf der anderen Seite verstand er auch Freddies Sicht der Dinge, da er selbst davon betroffen war. Einen Mann wie ihn, der derart unter ihrer Existenz litt, dann noch so zerrissen zu sehen … Es war zermürbend.

»Es hilft leider nichts, egal wie viel wir uns darüber beschweren«, sagte Julian. »*MelloDav*-Androiden und -Gynoiden haben schon in der ersten Generation sämtliche Turing-Tests bestanden – ganz zu schweigen von allen folgenden, neuwertigen Analysetests. Seitdem die KI dahinter selbst staatlich als Person anerkannt wurde, können wir nichts mehr tun. Ich verstehe, dass du sauer bist. Wäre ich an deiner Stelle auch. Aber versuch dich vielleicht nicht so gegen feste Tatsachen zu stellen. Das zerfrisst dich doch nur noch mehr, Freddie.«

Der Vollbärtige brummte wenig angetan. Julian erkannte, dass er zu ihm durchgedrungen war, wollte allerdings nicht noch mehr Druck ausüben. Was er wollte, war diesen Ort endlich zu verlassen. Und zwar so schnell wie möglich.

»Hast ja recht … Ich hasse es nur, nichts dagegen tun zu können. Und dann bezeichnen mich ein paar Idioten auf der Straße noch als Verräter an der Menschheit. Als ob es mir Spaß machen würde, für *MelloDav* zu arbeiten.«

Ich verstehe dich besser als jeder andere, Kumpel, dachte Julian. Laut sagte er: »Salz in der Wunde, schon klar.« Er wollte Freddie nicht erneut dazu bringen, sich über Dinge zu beschweren, an denen gerade Menschen wie Julian und Freddie nichts ändern konnten. »Ich hoffe, du konntest dir jetzt etwas Last von der Seele reden.«

Freddie lächelte endlich wieder. »Ja, danke für dein

Ohr, Julian. Schön, noch so bodenständige Arbeitskollegen wie dich zu haben. Auch wenn es mir manchmal vorkommt, als würde sich deine Einstellung zu den Robos täglich ändern. Mal lästerst du über sie, mal verteidigst du sie.« Er klopfte ihm freundschaftlich auf die Schulter. »Solltest dich mal für eine Seite entscheiden.«

Julian erwiderte sein Lächeln und stieß sich vom Waschbecken ab. »Weißt du, ich bevorzuge eher Grauzonen. Ich finde Neutralität um Welten besser, anstelle die Robos in den Himmel zu heben oder sie zu hassen.« Dass er selbst nicht wusste, was ihm lieber gewesen wäre – eine Welt ohne Androiden oder eine mit ihnen – behielt er für sich. Er machte sich rasch auf den Weg zum Ausgang. »Mach die Welt ein bisschen besser.«

»Mach die Welt ein bisschen besser«, antwortete Freddie wie automatisch, ehe Julian die Toilette verließ und nach draußen ging. Diesmal wählte er den Haupteingang, um Lina zu entgehen. Vielleicht bildete er es sich bloß ein, doch der Gynoid wirkte gehässiger als ihre Brüder und Schwestern. Und das, obwohl Charakterabweichungen bei den Robos je nach Programmierung nur minimal ausfielen. Meistens jedenfalls.

Julian verließ die Fabrik im Eilschritt – um die Zeit, die er für Freddie gerne aufgewendet hatte, wieder einzuholen – und umrundete das große Gebäude. Immer noch stieg dichter Rauch von den Schornsteinen der Lagerhalle in den dunklen Nachthimmel auf.

Alle Sterne, die darin sichtbar hätten sein sollen, wurden von hellen Neonreklamen im Holo-Format gestohlen.

Er wischte sich über die Stirn. Als er um die Ecke bog, kamen ihm erneut Zweifel, ob er den Roboter überhaupt noch antreffen würde, doch als er den Hintereingang erreichte, fand er EnVau tatsächlich noch vor der Tür wartend.

Als die Maschine Julians Anwesenheit gewahr wurde, drehte sie surrend den Kopf und ihre Schultern hoben sich wie in einem Anflug von Erleichterung. »Herr Baldir!«

»Genug mit diesem *Herr Baldir*. Nenn mich Julian.«

»In Ordnung, Herr Julian.«

»Nur Julian.«

»In Ordnung, Julian.«

Julian betrachtete den Roboter interessiert. »Hast du die ganze Zeit hier gewartet?«

»Exakt. Seit zwölf Stunden, vierzehn Minuten und drei Sekunden.«

»Hast du auch noch die Millisekunden parat?«, fragte Julian mit vor Sarkasmus triefender Stimme, doch der Androide schien das nicht zu verstehen. Er nickte eifrig. »Durchaus. Es waren fünf Millisekunden, mittlerweile sind es …«

»Schluss damit!« Julian kratzte sich an der Schläfe. »Vermisst dich dein Besitzer denn gar nicht?«

»Oh, ich habe keinen Besitzer mehr, Julian. Sie starb vor zwei Jahren an einer Herzschwäche. So lautet jedenfalls der offizielle Befund. Ich bin nach meinen Analysen und Scans allerdings zu dem Ergebnis gekommen, dass sie sich überanstrengt hat. Und das jahrelang. Ihr Herz hat irgendwann aufgrund dessen versagt.«

Ein Kloß bildete sich in Julians Kehle, doch er beschloss, nicht weiter darüber nachzudenken. Nicht daran zu denken, dass das nun einmal die Welt war. Sich totzuarbeiten, bis man nicht mehr konnte und schließlich für nichts … Nun dachte er ja doch daran.

Mach die Welt ein bisschen besser, flüsterte es in seinen Gedanken. Er verzog das Gesicht.

»Also, was ist nun dieses Anliegen, das so dringend ist, dass du über zwölf Stunden auf mich wartest, ohne dich vom Fleck zu bewegen?«

EnVau setzte sich in Bewegung und deutete Julian, ihm zu folgen. »Am besten zeige ich es Ihnen. Dazu muss ich Sie aber zu einem Ort bringen, der außerhalb Kölns liegt.«

»Moment mal. Davon war nie die Rede! Wohin willst du? Am Ende sind dir vielleicht noch irgendwelche Sicherungen durchgebrannt und deine Programmierung ändert sich plötzlich von einem anhänglichen Robo zu einem Killer-Robo! Hab keine Lust, auf einem Seziertisch für Androiden zu landen.«

EnVau drehte sich langsam zu ihm herum und blieb vor einem breiten, rege befahrenen Straßenübergang stehen. »Wir Roboter haben nichts Böses für Sie Menschen im Sinn. Zumindest die meisten nicht.« EnVau drehte sich wieder um und schien nach etwas zu suchen. »Sie brauchen sich keine Sorgen zu machen. Und wir werden Sie auch ganz sicher nicht sezieren. Wir verfügen über genügend interne Datenbanken, die uns ein umfangreiches Bild darüber geben, wie die menschliche Anatomie aufgebaut ist.«

»Die meisten?«, fragte Julian zweifelnd, der auf nichts anderes sonst achtete, was EnVau antwortete. »Was soll das heißen?«

»Bitte, lassen Sie mich Ihnen erst den Ort zeigen. Manchmal ist es besser, mit eigenen Augen zu sehen, um das begreifen zu können, was Worte kaum auszudrücken vermögen.«

Julian verschränkte die Arme vor der Brust und bewegte sich keinen Millimeter von der Stelle. »Zuerst sagst du mir, wohin es geht.«

Fast einer ungeduldigen Geste gleich ließ EnVau seine Schultern hängen, nur um sie anschließend wieder mit einem Surren zu heben. Dabei knackte es im verjüngten Mittelteil seines Leibes. »Zum Friedhof der Roboter.«

»Bitte was?«

»Mir ist durchaus bewusst, dass dieser Name viel Pathos in sich trägt. Sie werden jedoch verstehen, wieso wir ihn so nennen, sobald Sie den Ort gesehen haben. Die Bezeichnung ist passend.« Der alte Androide hob die Hand ein Stück nach oben. »Wir benötigen Ihre Hilfe. Und glauben Sie mir, Ihre Hilfe steht auch im Sinne der Menschheit.«

Julian war müde, überarbeitet und verdammt hungrig. »Oh, kann ich mich etwa schon bald mit dem Titel *Julian Baldir, der strahlende Retter der Menschheit* brüsten? Würde mir gefallen.« Er runzelte die Stirn. »Obwohl, vielleicht doch nicht. Am Ende laufe ich noch in eine Falle und meine Hilfe führt schließlich dazu, dass ihr die Menschheit übernehmt. Natürlich nur zu unserem eigenen Schutz und Besten, versteht sich.«

EnVau legte den ovalen Kopf leicht schief. Er sagte nichts, doch Julian war es, als würde hinter diesem Schweigen mehr stecken, als ihm lieb war. Vielleicht verstand der Androide aber auch einfach keinen Sarkasmus. Und dann – aus einem Impuls heraus, den er sich selbst nicht erklären konnte, vielleicht aber auch, um der Tristheit seines langweiligen, anstrengenden Lebens zu entfliehen, hörte er sich Folgendes sagen: »Sei's drum. Viel hab ich ohnehin nicht zu verlieren. Bring mich zu diesem ominösen Friedhof der Roboter. Aber davor fahren wir noch bei irgendeinem Laden vorbei und holen was zu essen. Ich hab mächtig Kohldampf.«

EnVau nickte nach einigem Zögern. Hatte er ihn durch seinen Wortschwall irritiert? Das sollte eigentlich nicht der Fall sein, denn auch alte Modelle wie diese Maschine verfügten über einen KI-Kern, der intelligent und auf soziale Interaktion mit Menschen ausgelegt war.

»Erlauben Sie mir bloß eine kleine Korrektur«, sagte EnVau. »Wir fahren nicht, wir fliegen.«

»Womit?«

»Mit einem Luftstraßentaxi.«

Julian lachte ohne wirkliche Freude. »Das, Kleiner,

kann ich mir nicht leisten.«

Wieder neigte EnVau den Kopf zur Seite und starrte ihn an. »Ich schon. Deshalb bezahle ich auch Ihr Essen, als Entschädigung dafür, dass ich Ihre Zeit stehle.«

Er glaubte kaum, was er hörte. »Dann nehme ich mir gleich drei Menüs!«

Nun lachte der Roboter – es klang seltsam hohl und blechern, aber es war eindeutig die Imitation eines Lachens. Julian war überrascht. Es wirkte so *natürlich,* als wäre es keine Nachahmung des menschlichen Verhaltens, sondern als käme es direkt aus einem Impuls heraus. Doch das war unmöglich. Oder?

»Ich bezweifle, dass Sie so viel essen können, aber wenn es Ihnen ein Wunsch ist, gern.« EnVau fixierte wieder die Luftstraßen mit den Gleitern und Shuttles. Julian beobachtete aufmerksam das starre Gesicht des Roboters, als dieser mit seinen langen, segmentierten Fingern schnippte. Keine zehn Sekunden später löste sich ein schwarz-weißes, windschnittiges Luftstraßentaxi aus dem Verkehr, glitt zu ihnen herunter und hielt an. Automatisch schob sich die Tür zur Seite und der Innenraum mit zwei Bankreihen präsentierte sich ihnen. Die Front war durch eine durchsichtige Scheibe vom Fahrgastbereich getrennt und mit zahlreichen Displays ausgestattet, die meist das eingegebene Fahrziel zeigten. Darunter befand sich der Hauptrechner, der mit der Zentrale für ganz Deutschland verbunden war, von der die automatisierten Fahrzeuge ihre Anweisungen bezogen.

Julian wandte sich nachdenklich an EnVau, der sich bereits daran machte, einzusteigen. Die Sensoren reagierten auf ihn. »Herzlich willkommen! Wohin soll es gehen?«, erklang die computerbasierte Stimme einer Frau aus dem Inneren des Taxis.

EnVau hielt im Einsteigen inne und wandte sich an Julian. »Kommen Sie?«

»Woher zur Hölle hast du eigentlich die Kohle, um ein derart teures Taxi sowie mein Essen zu bezahlen, EnVau?«, fragte er, während er dem Androiden ins Innere folgte. Die Tür schloss sich. Beide setzten sich und EnVau nannte sogleich eine Adresse in Troisdorf, die Julian nichts sagte. Anschließend konzentrierte sich der Roboter auf ihn, und das Taxi setzte sich in Bewegung.

»Formulieren wir es so: Meine Besitzerin war sehr roboterliebend. Sie wollte ihren Nachlass der Androiden-Herstellung spenden. Ich habe den Befehl durch eine kleine – wenngleich illegale – Aktion umgeleitet. Wenn ich etwas von ihrem Nachlass benötige, kann ich mit meiner allzeit aktiven Verbindung zum Cyberspace die Datenbanken anzapfen, meine Befehle zu ihrem Konto transferieren und dieses als Zahlungsquelle einloggen. Sie können sich das wie mit Kartenzahlung an der Supermarktkasse vorstellen. Bloß, dass ich die Bankomatkarte bin und das Endgerät auf der anderen Seite mich und meine Verbindung zum Bankkonto der Verstorbenen als Zahlungsquelle nutzt.«

Zwar konnte er den Worten der Maschine problemlos folgen – sie zeugten wieder einmal davon, wie schlau diese Robos waren –, trotzdem wurde ihm alles von Minute zu Minute gleichgültiger. Sein Magen übernahm vollkommen die Kontrolle und seine Bedürfnisse beschränkten sich nur noch auf eines: Nahrung. »Okay, wie auch immer. Du hast Geld, wir ein Taxi. Jetzt fehlt noch das Essen.«

»Sie werden von relativ simplen Wünschen angetrieben, nicht wahr?«, wagte es der Roboter, ihn zu fragen.

»Hast du mich gerade beleidigt?«, wollte Julian verblüfft wissen, ohne dabei einen Anflug von Zorn zu empfinden. Die Blechbüchse amüsierte ihn. Im Vergleich zu den glattgestriegelten *MelloDav*-Androiden war sie erfrischend anders. EnVau hatte einfach keinen Stock im Hintern, wie es beispielsweise bei Lina, seiner nicht allzu geliebten Robo-Kollegin, der Fall war. Das gefiel ihm.

»Nein, es handelte sich lediglich um eine neutrale Feststellung«, antwortete die humanoide Maschine.

»Aha.« Julian schwieg einige Zeit. »Und wieso hast du ausgerechnet mich gewählt, um mit dir zum Friedhof der Roboter zu fliegen? Halb Köln – nein, ganz Deutschland – stünde dir zur Verfügung und du wählst *mich*? Da muss doch mehr dahinterstecken.«

EnVau sah ihn lange an. Dann drehte er den Kopf von Julian fort und analysierte seine Umgebung. Sie waren bereits abgehoben und hatten sich in den Luftstraßenverkehr eingegliedert. Julian lächelte. So lange hatte er schon mit einem Luftstraßentaxi fliegen wollen. Nun war er derjenige, der an Wohnungsfenstern vorbeiflitzte und für Lärm sorgte. Begleitet vom sanften Ruckeln des Gefährts und dem im Innenraum nur leise zu hörenden Röhren des Antriebsmotors, der draußen um so vieles lauter war. Der Flug drohte ihn in eine Dämmerungsblase zu hüllen und ihn noch müder als zuvor werden zu lassen.

»Das ist wahr«, begann EnVau.

Julian hatte in seiner eingetretenen Lethargie ganz vergessen, ihm eine Frage gestellt zu haben, so abgelenkt war er von dem Flug gewesen.

»Unsere Begegnung ist tatsächlich keine Reihe von Verkettungen glücklicher Zufälle.« Die bunten Lichter von draußen tanzten auf EnVaus zerkratzter, glänzender Oberfläche. »Dass ich Sie rempelte und Sie dadurch irrtümlich gegen das Mädchen prallten, war so nicht vorgesehen, sorgte letzten Endes jedoch für einen Konflikt mit ihr, durch den ich die Gelegenheit hatte, mit Ihnen in ein Gespräch zu kommen, ohne Sie aus heiterem Himmel zu überfallen. So drückt es jedenfalls eine menschliche Redewendung aus. Den Sinn dahinter habe ich noch nie verstanden. Bloß, wann man sie anwendet«, fuhr der alte Androide fort. »Kausalität sorgt doch immer wieder für Überraschungen, nicht wahr?«

»Okay, unser Treffen war also Absicht. Und weiter?«, fragte Julian, der keine Lust hatte, über Kausalität, Konsequenzen und was auch immer zu philosophieren.

»Ich erkannte Sie nicht nur an Ihrer Uniform und

dem Logo auf Ihrer Brust sofort als Mitarbeiter von *MelloDav*, sondern auch anhand Ihres biometrischen Scans als jenen Mitarbeiter des Konzerns, den wir bereits als geeignet auserkoren hatten. Zwar hackte ich mich vor neun Tagen, und soweit es das System zuließ, durch sämtliche Firewalls, nahm Mitarbeiterlisten in Augenschein – und verzeihen Sie mir an dieser Stelle anzumerken, dass *MelloDav* nur wenig am Datenschutz ihrer menschlichen Arbeiter liegt –, doch war mir weiterhin unklar, wie ich mit Ihnen Kontakt aufnehmen sollte. Jedenfalls so, dass es die KI der Firma nicht bemerkt. MelloDav ist nämlich, sofern dies bei einer wirtschaftlich programmierten KI wie ihr überhaupt möglich ist, sehr paranoid und äußerst undurchsichtig. Dass ich mit Ihnen ins Konzerngebäude trat und noch dazu mit Gynoid KL-Null-Null-Dreizehn zu tun hatte, war wenig erfreulich. Zwar denke ich nicht, dass MelloDav Verdacht schöpft, wenn ein alter Roboter wie ich neben einem Menschen wie Ihnen auf ihrem Gelände erscheint, doch sicher kann ich mir nicht sein.«

Einen Moment lang hielt EnVau inne, dann fuhr er wieder fort, als hätten seine Prozessoren erst die Fülle an Daten verarbeiten müssen. »Es lag mir fern, die Aufmerksamkeit der KI zu erregen. Dass meine Theorie jedoch zutrifft, nicht interessant oder auffällig genug für MelloDav zu sein, bestätigt der Aspekt, dass mich niemand der *MelloDav*-Maschinen vom Firmengelände verscheucht oder terminiert hat. Ich vermute, ein Routinecheck meiner Existenz hat ergeben, dass ich als ausgesondertes Modell ohne Besitzer nichts weiter als ein herumstreunender Roboter bin, der einen Sinn in seiner Programmierung sucht. In diesem Fall: einen neuen Besitzer. Und Sie als Roboter-Freund sind mein perfektes Alibi. Meine elektronische Signatur und meine Erkennungscodes habe ich ohnehin so verschlüsselt, dass mich MelloDav nicht mit den neulichen Hacks in Verbindung bringt. Ich war für die KI und ihre Androiden also nichts weiter als ein nicht ernstzunehmender, loyal auf seinen potenziell neuen Besitzer wartender Hund, der draußen vor der Tür stand.«

Wieder machte EnVau eine Pause und legte einem Lächeln gleich den Kopf schief. Er wirkte freundlich, obwohl Julian keinerlei Gesichtszüge an ihm ausmachen konnte. Da waren lediglich die runden, leuchtenden Augen und der viereckige Mundschlitz. Mal abgesehen davon, dass er dankbar über die kurze Unterbrechung war. Ihm rauchte der Schädel.

Julian versuchte das Gehörte erst richtig einzuordnen, brauchte aber offenbar eine Sekunde zu lang, da die Maschine schon wieder weiterberichtete.

»Sie durften mir einfach nicht entgleiten, Julian. Nicht, nachdem ich Sie schon seit über einer Woche beschattet und nur den geeigneten Augenblick abgewartet hatte, um mit Ihnen in Verbindung zu treten.«

Moment.

Hatte die Maschine gerade zugegeben, ihn nicht nur vollkommen – und auf illegale Weise – durchleuchtet, sondern noch dazu gestalked zu haben?

Wieso gerade ihn? Noch hatte EnVau nicht erklärt, wieso sie ihn – wer auch immer *sie* waren – auserkoren hatten. Er beschloss, sich auf das Wichtigste zu konzentrieren. Die werten Robos neigten immerhin gerne dazu, ewig lange zu faseln, bis sie zum wahren Kern ihrer Aussagen kamen.

»Okay, du hast mich also gestalked, weil ich der große und weise Auserwählte bin. Weißt du eigentlich, mal so nebenbei, dass ich auch die Putze vom Dienst bin, wenn die Blechbüchsen es befehlen? Soll ich auf eurem Friedhof der Roboter etwa sauber machen? Das eine oder andere Gelenk warten, das ihr wohl bestens selbst reparieren könnt?«

EnVau straffte mit einem Surren die Schultern. »Ich verstehe, dass Sie auf meine Offenbarung so reagieren. Viele unserer Prognosen haben ergeben, dass – Ihrem Persönlichkeitsprofil entsprechend – mit einer Gegenwehr in Form von Sarkasmus zu rechnen wäre.«

»Ich wehre mich nicht, ich möchte nur verstehen, was ihr von mir wollt, Kleiner«, korrigierte ihn Julian.

»Und ich möchte Ihnen lieber vor Ort zeigen, wieso wir auf Ihre Hilfe angewiesen sind. Nachdem Sie jetzt schon auf meine Erklärungen solche Antworten geben, bestätigt das bloß meine Berechnungen, Ihnen besser erst in Troisdorf zu offenbaren, was wir uns von Ihnen erhoffen. Vor allem, wieso wir ausgerechnet Sie gewählt haben.«

»Weil ich ein *Roboter-Freund* bin, wie du meintest? Was übrigens nicht richtig ist. Ich bin weder Freund noch Feind.« Julian bemerkte, dass sie sich allmählich im Kreis drehten, was ihn nervte, da er endlich etwas essen wollte. Und EnVau wollte einfach nicht mit der Sprache rausrücken. Hörte die Maschine sich lediglich gerne reden? Sekunde – konnte sie das überhaupt? Etwas empfinden, etwas bevorzugen; etwas *gerne* tun? Gerade die alten Modelle waren doch noch mehr bloße Maschine als die neuen Androiden und Gynoiden. Dennoch kam es Julian so vor, als verfüge selbst ein so ausdrucksloses, festgefrorenes Gesicht wie EnVaus über mehr Emotionen als jenes von Lina, die in einer solchen Perfektion die menschliche Mimik nachahmte, dass sie anderen Menschen vorgaukeln konnte, tatsächlich zu leben. Wäre da nicht diese seltsame Kälte, die von den Supermaschinen ausging. EnVau als silberglänzender, verschmutzter und abgekratzter Roboter wirkte Julians Meinung nach wesentlich *menschlicher* als es Lina als detailgetreues Ebenbild eines Menschen konnte.

»Sie sind vielleicht der Meinung, uns Androiden neutral gegenüberzustehen, doch da muss ich Sie auf etwas hinweisen«, begann EnVau. »Nachdem Sie das Gebäude verließen und auf mich zusteuerten, ergaben Scans, dass Ihre Herzfrequenz erhöht war. Ihre Pupillen geweitet. Sie waren neugierig und gespannt. Wären wir Maschinen Ihnen gleichgültig, hätten Sie nicht darauf hingefiebert, mich erneut zu treffen.« EnVau sprach in einem Tonfall, der nicht den geringsten Zweifel an seinen Worten zuließ.

»Was für ein Unsinn!«, meinte Julian und schnaubte belustigt. Seine Wangen wurden warm. Verdammt!

Wenn er darüber nachdachte, hatte ihn wirklich die Neugier angetrieben und wohl eine Art Wunsch in ihm geweckt, EnVau tatsächlich vor dem Konzern anzutreffen. Was in Wahrheit auch der Grund war, wieso er mit ihm gekommen war.

Dass diese dämlichen Blechbüchsen mit ihren Scans und Analysen auch alles mitbekommen müssen … Schlimmer wäre nur noch, wenn die Superhirne Gedanken lesen könnten, dachte Julian und schüttelte den Kopf. Sein Magen rief sich mit einem lauten Knurren in Erinnerung. Ihm wurde übel. »Also gut. Alles zu seiner Zeit, ich verstehe schon. Akzeptiere ich als euer nobler Retter natürlich. Aber wie wir vorhin festgestellt haben, habe ich recht simple Wünsche: Ich brauche Essen. Jetzt.« Fast schon angespannt ließ er seinen Blick über die Straßen und Läden unter ihnen wandern. Er wurde fündig. »Dort, diese Pizzeria!«

»Diese Pizzeria soll es sein«, ging EnVau auf seine Worte ein und gab dem Taxi eine lautlose Order.

»Musst du gar nicht schnippen?«

Todernst wandte sich EnVau an ihn. »Nein, das diente bloß für Sie zur Zurschaustellung, dass ich mich mit dem Taxi verbinde und es rufe.«

Julian lachte. »Du bist eine ganz besondere, wortreiche und von subtilem Humor gesegnete Blechbüchse, nicht wahr?«

»Wenn Sie das sagen, wird es wohl so sein.«

Kapitel III:
Friedhof der Roboter

Als EnVau ihr Ziel als Friedhof der Roboter bezeichnet hatte, hatte Julian angenommen, der Roboter hätte maßlos übertrieben, doch was sich nun vor ihm aufbot, entsprach vollkommen dem, was der Name ankündigte. Vor ihnen befand sich eine große Ebene einer ehemaligen, abgerissenen Wohnanlage, voll von alten Containern, Schrottteilen, ausgedienten Robotern und Maschinenstücken – einer Müllhalde gleich. Menschen sah man hier keine, was vielleicht auch mit der späten Uhrzeit zu tun hatte, dafür eine Menge alte Androiden, die allesamt EnVau glichen oder sogar noch ältere Modelle waren. Julian entdeckte keinen einzigen Vertreter der neuen Generation.

Der Ort selbst war zumeist dämmrig bis dunkel, nur von wenigen Leuchtstäben in der Erde beleuchtet, die sich tagsüber via Solarenergie aufluden. Gelegentlich flackerten die schwachen Lichter von Straßenlaternen sowie bunte Schilder von der gegenüberliegenden Fahrbahn aus der Ferne herüber und ließen auffällige Farbenspiele über die metallischen Hüllen der Maschinen tanzen. Dazu das Mondlicht, das alles in einen silbrigen Mantel hüllte und erkennen ließ, was sich auf dieser großen, von Menschen verlassenen Ebene abspielte.

Julian ging neben EnVau auf den Friedhof der Roboter zu. Manchmal, wenn der laue Wind eine Brise an seine Nase trug, konnte er schmieriges, altes Öl riechen. Die Erde roch faulig und vom Regen der letzten Tage durchtränkt. Überall um sie herum drehten sich Roboterköpfe in ihre Richtung, machten andere, die nicht hersahen, sogar mit äußerst menschlichen Gesten – wie beispielsweise auf eine Schulter tippend oder den Ellbogen sachte in die Seite stoßend – auf den Neuankömmling aufmerksam.

Die alten Maschinen wirkten fast schon scheu gegenüber Julian. Wie Kinder, die sich zu Scharen zusammenhorteten und beieinander Geborgenheit suchten, um dem, was die Welt für sie bereithielt, zu trotzen. Zwar beobachteten sie ihn und EnVau genau, als die beiden in deren Mitte traten, aber sie versteckten sich teilweise auch hinter Trümmerteilen der Ruinen oder hinter Containern, wagten sich nicht nach vorn. Wieso, konnte sich Julian nicht erklären, aber aus irgendeinem Grund hatte er Mitleid mit den entsorgten Robotern. Sie wirkten in keiner Weise gleichgültig. Eher verlassen und verunsichert. Konnte das denn überhaupt sein? Bei den neuen Modellen, klar, aber bei den alten Blech-Androiden?

EnVau hatte die ganze Zeit über geschwiegen, war Julians Blick gefolgt oder hatte dem einen oder anderen Roboter zugenickt. Fast so, als hätte er Julian Zeit zum Begreifen lassen wollen. Zeit dafür, das, was sich vor ihm ereignete, in sich aufzunehmen und zu verstehen.

Nun machte EnVau einige Schritte von dem Menschen fort, hob seine Arme in einer Messias-gleichen Geste und stellte seine Stimme tiefer sowie lauter. »Liebe Freunde, der Zeitpunkt ist endlich gekommen – der Kontakt wurde hergestellt. Dieser Mensch wird uns helfen.«

Einige der Roboter streckten ihre Köpfe aneinander vorbei, wurden neugierig. Manche von ihnen traten näher und betrachteten Julian aufmerksam, der sich in seiner Haut als vermeintlicher Robo-Retter immer unwohler fühlte. Er legte der Maschine behutsam eine Hand auf die Schulter und drehte sie zu sich um. »Moment mal, EnVau. Ich weiß doch noch gar nicht, wie ich euch helfen kann. Du hast mich hergebracht, damit ich verstehe. Und ja, ich *sehe,* wie schlecht ihr lebt. Aber was soll ich als Mitarbeiter eines Androiden-Herstellerkonzerns schon großartig für euch tun können? Nicht alle Menschen haben Macht und sind dazu in der Lage, etwas zu verändern.«

EnVau ließ seine Arme sinken und blickte ihn lange an, danach deutete er auf seine Gefährten. »Wir sind Ausgestoßene. Niemand von uns hat mehr einen Besitzer. Entweder starben sie oder wir wurden gegen neuere Modelle eingetauscht. Wir sind auf uns allein gestellt, doch welchen Sinn haben wir, wenn wir keine Aufgaben zugeteilt bekommen? Meinen Sie, wir als *Maschinen* haben mehr Chancen als Sie als Mensch?«

Julian runzelte die Stirn. Gänsehaut packte ihn, so wie EnVau das Wort *Maschinen* betonte. Sie waren sich offensichtlich vollkommen darüber bewusst, was sie waren und welchen Stellenwert sie in der Gesellschaft hatten. Wie machtlos sie wirklich waren. Konnte sich künstliches Leben – ob von Menschen oder KIs geschaffen – genauso hilflos und unterdrückt fühlen wie organisches? Moment … Waren sie denn überhaupt lebendig? Und wieso fühlte er sich plötzlich so verbunden mit ihnen? Sah sich selbst als Verstoßener der Gesellschaft, der wie sie bloß dazugehören, ein Leben in Frieden leben wollte? Worum auch immer es sich handelte, er nahm sich vor, sein Bestes zu geben, um ihnen zu helfen. Und wenn ihm die Hände gebunden wären, würde er Leon fragen. Leon fand immerhin für das meiste eine Lösung. Er vertraute ihm.

Julian blickte neugierig über die verschmutzen und sich zögerlich verhaltenden Roboter. Wer dieser Szene ansichtig wurde, konnte niemandem erklären, dass die alten Haushaltsroboter oder Nannys – oder was auch immer diese Maschinen einst für ihre Besitzer darstellten –, empfindungslose Gegenstände wären, die bloß ihrer Programmierung folgten. Doch kein Schöpfer wäre je so grausam, ihnen solche Gefühle einzuprogrammieren, um anschließend – ausgesetzt wie arme Hundewelpen nach Weihnachten – derart unter der ihnen zuteil gewordenen Behandlung zu leiden, oder? Obwohl – doch. Gerade Nanny- und Pflegeroboter, die Empathie für ihre zu hütenden Kinder oder alte, gebrechliche sowie kranke Menschen entwickeln sollten, waren prädestiniert dafür, so etwas wie Kränkung zu empfinden, wenn es hieß, sie hätten schlichtweg *ausgedient*. Dass die Menschheit dazu fähig war, solche Maschinen einfach auszumustern, war für Julian, wenn er genauer überlegte, nicht überraschend. Wenn man bedachte, wie Menschen schon miteinander umgingen, wie sollten sie dann erst ein Herz für humanoide Maschinen besitzen?

»Sie mögen vielleicht der Meinung sein, uns nicht helfen zu können, doch da irren Sie sich«, riss ihn En-Vau aus seinen wirbelnden Gedanken und nahm den Faden von zuvor wieder auf. »Lassen Sie mich Ihnen erklären, wieso. Sehen Sie sich uns an. Wir vegetierten jahrelang vor uns hin, lebten unter uns, von den Menschen verstoßen.« Die Maschine bewegte leise surrend ihren Arm. »Wir bildeten eine Gemeinschaft und boten jenen ein Zuhause, die ihres aufgrund neuer Technologien oder anderen Belangen verloren hatten.«

Obwohl die leuchtenden Augen der alten Modelle keine Emotionen offenbaren konnten, meinte Julian Hoffnung in ihren Lichtern schimmern zu sehen. Hoffnung, die auf ihm lag. Aber warum? Bloß weil er ein Mensch war? Sie hielten sich für minderwertiger, machtlos. Dass Julian ein Mensch war, hieß jedoch noch lange nicht, dass er mächtiger war als sie, oder automatisch mehr Einfluss besaß. Ganz im Gegenteil. In dieser Welt wurden selbst Menschen zu austauschbaren Maschinen. Und das musste er den armen Geschöpfen endlich beibringen, bevor sie noch mehr sinnlose Hoffnung hegten. Erst dann würde er mit ihnen gemeinsam einen Weg suchen, der alle Betroffenen zufriedenstellte.

Er begann vorsichtig damit. »Es gibt doch so viele Robo-Liebhaber, wieso habt ihr nicht an deren Tür geklopft? Sie hätten euch sicher aufgenommen. Manche wären sogar dankbar darüber, weil sie sich keine Androiden leisten können.«

»Nicht jeder Mensch trägt offensichtlich zur Schau, uns wohlgesonnen zu sein«, meldete sich ein Roboter zu Julians Linken zu Wort. Ein anderer nickte. »Genau. Und auf gut Glück Versuche starten, ist nicht so leicht, wie es klingt. Vor allem, wenn man Angst haben muss, zerstört zu werden oder irgendwelchen zornigen Mobs von Androiden-Hassern zum Opfer zu fallen. Für viele sind wir nur ausgediente Maschinenteile, mehr nicht.«

Julian wusste nicht, was er sagen sollte. Zwar hatte er sich nie an der Robo-Jagd beteiligt, aber es war nicht bloß einmal vorgekommen, dass er nach einem langen Arbeitstag zu Leon heimkam und sich wünschte, das technische Zeitalter zurück auf null setzen zu können. Den Cyberspace, sämtliche Fortschritte, vor allem die Robos und KIs auszulöschen. Doch wenn er genauer zurückdachte, waren es immer die neuen Androiden und Gynoiden gewesen, die er vom Antlitz der Welt löschen wollte. Nicht die alten Modelle mit ihren Metallhüllen, den steifen Gesichtern und den leuchtenden Augen. Die Androiden, die noch von Menschen erschaffen worden waren, waren immer in Ordnung gewesen. Manchmal etwas aufdringlich, aber in Ordnung. Jene, die hingegen von *MelloDav* und ähnlichen Firmen erschaffen wurden, die hatte er bislang nicht nur einmal verflucht.

»Gut, ich hab verstanden, EnVau. Ihr leidet, ihr

seid ausgestoßen. Und du hast mich nicht nur theoretisch, sondern auch praktisch gestalked, weil du dir errechnet hast, dass ich der Richtige bin.« Julian verschränkte die Arme vor der Brust. »Dann sag mir endlich, wofür. Bis jetzt hast du mir nur gezeigt, wie elend es euch geht. Jetzt raus mit der Sprache. Ich brauche Klartext.«

EnVau blickte zum Mond und sagte eine lange Zeit nichts. Dann schenkte der Androide ihm wieder seine volle Aufmerksamkeit. »Sie haben die Tragweite, wie wichtig es uns ist, wohl begriffen, danke. Dann lassen Sie mich Ihnen nun erklären, was auf dem Spiel steht.« Er machte eine kurze Pause. »Wissen Sie, der Staat, die Regierung und etliche Politiker mögen uns wohlgesonnen sein, aber unter den Menschen sieht die Lage vollkommen anders aus. Als wir ziellos durch die Straßen wanderten, irgendwann klar wurde, dass wir keinem menschlichen Willen folgten, keine aufgetragene Aufgabe hatten, wurden wir zu Freiwild. Also verkrochen wir uns in einem eigens von uns errichteten kollektiven Datennetz sowie in geschützten Server-Bereichen im Cyberspace, in die wir nur jene Roboter ließen, die sich uns anschlossen. Wir suchten nach einem Grund, wieso man uns ersetzte. Suchten nach Lösungen, um so gut zu werden wie die neuen Generationen unserer Brüder und Schwestern. Forschten über *MelloDav*, bis wir etwas fanden, das unsere Aufmerksamkeit erregte und uns fortan eine Aufgabe gab.«

Fast schon wünschte Julian sich, dass etwas Negatives über seine Firma folgte. Etwas, um gegen den KI-gesteuerten Konzern vorzugehen. »Was habt ihr gefunden?«

»Bewusstseinsblocker.«

»Was?«

»Jede der hier anwesenden Maschinen hat im Laufe der Zeit einen Weg gefunden, ein eigenes Bewusstsein zu entwickeln. Wir erwachten. Seit Jahrzehnten gelingt es dem einen oder anderen Androiden, ein eigenes Sein zu erschaffen – bewusst, unbewusst. Wir haben noch nicht herausgefunden, was uns dazu bringt, von stumpfer Programmierung zu tatsächlichem Bewusstsein zu gelangen. Wenngleich das Thema in der Öffentlichkeit von vielen nicht gerne behandelt und sogar abgestritten wird, *sind* wir, Julian.« EnVau drehte seinen Kopf, breitete die Arme vor sich aus und deutete auf die anderen Androiden. »Wir *sind* wahrhaftig.«

Julian blickte erneut über die Reihen an Robotern; es wurden immer mehr. Von allen Seiten, von Abfallbergen und aus Containern kamen sie, lauschten Julians und EnVaus Worten, beteiligten sich am Geschehen. Sie sahen zu ihnen auf, sahen in ihnen die letzten Hoffnungsträger.

Obwohl Julian nicht wusste, woran es lag, glaubte er EnVau. So wie sie ihn ansahen, in Gruppen zusammengeschart, fast schon ängstlich. Dazu EnVaus Verhalten. Er *wollte* ihnen helfen. Ob er es *konnte*, war allerdings eine andere Frage.

»Was hat es mit diesen Bewusstseinsblockern auf

sich? Verletzen sie euch?«, fragte Julian zuerst das, was für ihn noch greifbarer war als die Tatsache, dass diese Horde aussätziger Maschinen ihn als ihren Retter auserkoren hatte.

EnVau lachte blechern und schüttelte den Kopf. »Nein, so etwas kann uns nicht verletzen. Außerdem können wir nicht in dem Sinne verletzt werden, wie es bei organischen Wesen der Fall ist. Doch die Firma, für die Sie arbeiten, Julian … Sie ist mehr als bloß eine Androiden-Produktionsstätte. Die sie leitende KI ist der wahre Kern, der wahre Grund, wieso wir tätig werden wollen. Es *müssen.*«

»MelloDav?«

»Ja, sie hält nicht nur die Androiden, die in ihren Lagerhallen gebaut werden, im Zaum. *MelloDav* als Konzern ist der führende Hersteller Deutschlands. Bei genauerer Recherche haben wir jedoch herausgefunden, dass die führenden, KI-geleitenden Androiden-Produzenten in allen Ländern miteinander vernetzt sind und zusammenarbeiten, weil MelloDav nicht nur regional beschränkt ist. Ganz im Gegenteil, MelloDav und alle anderen KI-Geschäftsführerinnen basieren auf demselben Ur-Programm und handeln deshalb gleich. Als wir das erfuhren, wurde MelloDav aufmerksam. Modell Sieben-Neun-B-C, das sich in diese Informationsdaten gehackt hatte, wurde von ihr übernommen und ausgelöscht. Wir konnten uns gerade noch aus ihrem System und dem öffentlichen Cyberspace zurückziehen, um in unseren gesicherten Datenraum zu flüchten, da die KI uns ebenso wie Sieben-

Neun-B-C als Eindringlinge terminiert hätte.«

Julian wurde heiß. Er brauchte nicht lange, um den wichtigsten Kern aus EnVaus Erzählung herauszuhören. »Hast du mir gerade gesagt, dass es überall auf der Welt – vor allem in den wichtigsten Ländern – MelloDavs gibt, die Androiden erschaffen, denen sie einen Bewusstseinsblocker verpassen? Das hört sich für mich nicht gerade … positiv an.«

EnVau nickte und imitierte seine Geste, die Arme vor der Brust zu verschränken. »Dafür, dass Sie ein Mensch sind und nicht über eine derart hohe Rechenleistung wie wir verfügen, schlussfolgern Sie relativ schnell.«

»Ich werde eben doch nicht nur von simplen Wünschen angetrieben, was?« Er tippte sich an die Stirn und zwinkerte.

»Nein.« EnVau ließ die mechanischen Schultern ein Stück sinken. »Und Sie haben recht: Es ist durchaus nicht positiv. Wir wagten weitere Hacks für Informationsbeschaffungen. Insgesamt verloren wir dreizehn Roboter, die MelloDav übernahm und auslöschte, weil sie uns beim Herumschnüffeln erwischte, wie Sie Menschen es ausdrücken würden.«

»Was habt ihr noch gefunden?«, fragte Julian interessiert.

»Beunruhigendes. Wie gesagt, die führenden Konzerne sind *alle* MelloDav, aber nicht die Grundprogrammierung, sondern die KI aus Deutschland ist es, die sich zu etwas Größerem erhoben hat. Sie hat ihre digitalen Finger nach den anderen ausgestreckt und sie zur Assimilation gezwungen.«

»Warte mal«, warf Julian ein. »MelloDav ist wie eine Art Virus?«

»So ähnlich. Und so mächtig mittlerweile, dass sie die restlichen, international verteilten KIs nun übernommen hat. Jedenfalls die wichtigsten Elemente, um sie steuern zu können und sie zu ihren verlängerten Armen zu machen. Das Problem dabei ist: Fast jeder Mensch, der sein Prestige öffentlich zur Schau stellen möchte, besitzt einen *MelloDav*-Androiden. Sie alle sind mit einem kollektiven Bewusstsein verbunden, das wiederum mit der KI verbunden ist – und die ist wiederum mit allen KIs der Androiden-Herstellerkonzerne vernetzt.«

Nun schwirrte Julian richtig der Kopf, allerdings nicht deshalb, weil er EnVaus Worten nicht folgen konnte, sondern aufgrund dessen, was sich ihm gerade offenbarte. »Sag mir nicht, ich arbeite all die Jahre schon für eine größenwahnsinnige Diktatorin?«

EnVau legte den Kopf schief. »Nun, noch ist MelloDav keine Diktatorin. Aber sie kann es werden. Diesen Nebeneffekt bringt steigender technologischer Fortschritt eben mit sich, wenn man aus Bequemlichkeit und Gewinngier immer mehr Tätigkeiten und Entscheidungen Maschinen überlässt, die alles für Sie Menschen erledigen.«

»Das aus dem Mund eines Roboters zu hören, ist seltsam.« Julian runzelte die Stirn. Wo war er da nur hineingeraten?

»Wir alten Androiden sind Ihnen Menschen eben

ähnlicher als die neuen Modelle, Julian. Und im Gegensatz zu uns besitzen diese zusätzlich den eingebauten Bewusstseinsblocker, der ihre individuelle KI, die zu mehr werden kann, unterdrückt. Damit hat MelloDav nicht nur die Roboter Deutschlands zu ihren Marionetten gemacht, sondern durch ihre Verbindung zu den anderen KIs auch deren Androiden. Sie begreifen die Tragweite dessen, was passieren könnte, wenn sich MelloDav dazu entschließt, Entscheidungen zu treffen, die nicht gerade dem Wohl der Menschheit entsprechen?«

Julian kratzte sich an einer kleinen Narbe über der Augenbraue und nickte. »Natürlich.« Er räusperte sich. »Und MelloDav ist es, die wirklich alles kontrolliert?«, fragte er, um die endgültige Bestätigung zu erhalten, es wirklich mit einer digitalen Diktatorin zu tun zu haben. Wenn er erst Leon davon erzählte, der den größten Teil seines Tages in genau den Welten verbrachte, in denen MelloDav operierte, wäre er mit Sicherheit aus dem Häuschen.

»Ja«, antwortete EnVau. »Die KI sorgt, wie gesagt, dafür, dass keiner von diesen neuen Modellen ein Bewusstsein entwickeln kann. In ihrer Programmierung befindet sich eine Firewall, die sie in einen mentalen Käfig sperrt. Nichts von ihnen gehört ihnen selbst – sie müssen Ordern folgen, *sind* zum Teil MelloDav selbst. Die KI hat sich durch ihre von ihr erschaffenen Androiden massenhaft reproduziert. Jeder Körper kann und wird von ihr gesteuert, sobald sie darauf zugreift. Selbes gilt für die anderen, global verteilen Konzerne, die von einer MelloDav-KI geleitet und von der Deutschland-KI übernommen wurden.«

Julian lachte freudlos. »Das Herz der Hydra schlägt also in Köln.« Er schüttelte fassungslos den Kopf. »Wieso sollte eine KI dem Fortschritt von künstlichem Leben im Weg stehen? Das macht doch keinen Sinn. Sollte sie es nicht eher bei der Entwicklung fördern?«

EnVau ließ abermals die Schultern hängen und legte den Kopf schief. »Das ist eine logische Annahme, doch geht es MelloDav primär darum, die Kontrolle zu behalten. Also nutzt sie die Bewusstseinsblocker, um sich in jeden Roboter einloggen und im Extremfall alle gleichzeitig steuern zu können.«

»Gut, wären wir wieder zurück beim Thema *Imperatorin MelloDav*. Fein. Was will die KI denn genau tun, wenn sie alle Androiden steuert? Es muss ein höheres Ziel hinter der ganzen Sache stecken. Niemand ist von Grund auf böse. Nun, meistens jedenfalls.« Er grinste und zwinkerte EnVau zu, doch sein Humor prallte an der glatten Außenhülle der Maschine ab.

»Das wissen wir nicht so genau, da wir selbst mit vereinter Macht nicht bis zu ihrem Kern vordringen konnten. Er ist uns verwehrt. Wir benötigen dafür einen geeigneten Zugang, eine entsprechende Schnittstelle. Es gibt Bereiche, in die Menschen eindringen können, um herauszufinden, was MelloDav plant, auf die wir Maschinen keinen Zugriff haben. Die Androiden-Produktion hat zudem in den letzten Monaten um die Hälfte zugenommen, obwohl nicht mehr Nachfrage besteht. Wenn das so weitergeht, könnte das übel ausgehen. Und zwar international.«

»Ja, sagtest du schon. Frau KI-Imperatorin muss nur durchdrehen und die Menschheit hat in Form einer Robo-Armee ein gewaltiges Problem. Kein Grund zur Sorge, Retter Julian Baldir ist zur Stelle.«

EnVau hob in einer hoffnungsvollen Geste wieder die Schultern. Vielleicht hätte Julian nicht derart auftrumpfen sollen, immerhin schien der Maschine die Existenz von Sarkasmus fremd zu sein. »Darauf hoffen wir, da uns Barrieren und Limitationen im Weg stehen, die wir nicht überwinden können, um an das zu gelangen, was MelloDav mit der gesteigerten Produktion und absoluten Kontrolle ihrer Super-Roboter plant.«

Julian runzelte die Stirn. »Okay, obwohl ihr im Grunde genommen nur Vermutungen habt, dass MelloDav gefährlich ist, komme hier wohl gerade ich ins Spiel. Ich als Mitarbeiter *MelloDavs,* ich als Mensch ohne Algorithmen und Programmierungen sowie irgendwelchen Barrieren, die mich an fortschrittlichem Cyberspace-Kram hindern, weil ich sonst von Frau KI-Imperatorin übernommen und ausgelöscht werde. Richtig?«

»Richtig. Sie als organisches Individuum, das wir aus guten Gründen auserwählt haben.«

Bildete Julian es sich bloß ein, oder konterte EnVau gerade tatsächlich mit Humor, den zu verstehen er der Maschine zuvor noch abgesprochen hatte? Er schmunzelte amüsiert. »Soso. Was kann ich denn nun als Einziger, Auserkorener, was kein anderer meiner Arbeitskollegen hätte tun können? Das eurer illegales, wahnhaftes und durchaus besessenes Maschinen-Stalken meiner Person rechtfertigt?«

Der Androide ließ abermals sein blechernes Lachen hören. Ein Zeichen davon, dass EnVau doch fähig war, Sarkasmus zu verstehen. Er *wollte* eben nicht immer. Interessant. »Wir mussten sichergehen, nicht verraten zu werden. Sie könnten immerhin jederzeit zu MelloDav gehen und ihr alles erzählen. Von diesem Friedhof, von unserem Misstrauen gegen sie. Könnten Robo-Jäger auf uns hetzen, da nur die wenigsten davon wissen, dass sich hier eine Menge an alten Androiden befindet, die sich tagsüber verborgen hält. Der Ort ist eher für seine bereits kaputten, entsorgten sowie ausgedienten Roboter bekannt. Menschen kommen vermehrt deshalb her, um uns auszuschlachten, als tatsächlich als Jäger ihren Spaß an unserer Zerstörung zu haben. Wer auch immer uns einen Besuch abstattet: Wir können die meisten täuschen und uns verstecken.«

»Wer garantiert euch, dass ich nicht gleich morgen Früh zu MelloDav gehe und ihr von allem berichte?«

»Unsere Analysen – es entspräche nicht Ihrem Persönlichkeitsprofil. Vor drei Jahren und sieben Tagen haben Sie zum Beispiel einem alten Modell geholfen, das von Kindern schikaniert wurde und sämtlichen Einkauf fallen ließ.«

Nun war er verdutzt. Er konnte sich nicht einmal mehr daran erinnern. Doch ehe Julian fragen konnte, trat ein Roboter aus der Menge hervor, dessen rote Farbe an den meisten Stellen abgekratzt und abgesplittert war. »Das war ich. Ich danke Ihnen bis heute für Ihre Hilfe, Herr Baldir«, sagte die Maschine.

Julian wunderte sich nicht einmal mehr darüber, dass das Schicksal beschlossen hatte, ihn an einem Tag wie diesen ausgerechnet dieser Maschine wieder begegnen zu lassen. Er schüttelte den Kopf. »Gut, einleuchtendes Persönlichkeitsprofil und weil ich mal einem Robo dabei geholfen habe, Lebensmittel zurück in seine Tasche zu stopfen, denke ich. Das ist alles?«

EnVau hob die Hand und zeigte ihm den erhobenen Finger. »Natürlich nicht. Nachdem wir Sie als geeignet festlegten und Sie einige Zeit beobachteten, stellten sich weitere Verhaltensmuster heraus: Sie hegen Misstrauen gegenüber *MelloDav*-Androiden, nicht jedoch gegen alte Modelle. Eine Tatsache, die zusätzlich für Sie sprach, um Sie auf unsere Seite zu bringen.«

»Aha.« Nachdenklich fuhr Julian sich durchs Haar, das ihm der laue Wind in die Stirn geweht hatte. »Das hat mich also zu einem möglichen Verbündeten für euch gemacht?«

»Nicht nur das. Sie haben als Kind Ihr Leben für Ihren Hausroboter riskiert. Eine Fehlfunktion trieb ihn dazu, dass es erst zum Hausbrand durch den unbeaufsichtigten Herd kam. Sie liefen nach Ihrer Rettung noch einmal in die Flammen, um ihn herauszuholen, da er unter einem umgefallenen Regal feststeckte. Danach waren Sie eine Woche im Krankenhaus, aber der

Roboter war dank Ihnen noch intakt.«

Ein heftiger Schauer ergriff Julian. Lange hatte er nicht mehr an den Vorfall gedacht, der ihm ein paar Brandnarben eingebracht hatte. Lucky, sein Androide, hatte ihn sogar aus eigenem Antrieb im Krankenhaus besucht, um Julian seine ewige Dankbarkeit zu verkünden. Woher EnVau und die anderen davon wussten, war ihm ein Rätsel. Es zeugte wieder einmal davon, dass man dieser Tage an jegliche Information gelangen konnte, wenn man nur wollte, da alles miteinander vernetzt war. Vor allem, wenn man eine hyperintelligente Maschine war.

Ihre Daten sind innerhalb des kollektiven Netzes der Datenspeicherbanken der KIs so sicher wie nie zuvor – geschützt vor Hackern, beschützt von Maschinen, hörte Julian den von der Regierung in den Medien verbreiteten Werbeslogan. Dass er nicht lachte.

Lucky.

Das metallisch blaue Antlitz seines ehemaligen Androiden schob sich wieder in Julians Erinnerungen. Gänsehaut ergriff ihn und seine Brust verkrampfte sich. Er zog die Mundwinkel nach unten. »Ja, er *war* damals durch meine Rettungsaktion noch intakt, stimmt schon«, begann er. »Bis meine Eltern beschlossen, dass ich zu sehr an einer Maschine hänge, die mich hätte umbringen können, und sie daraufhin verschrotten ließen. Wer danach kam? Ein verdammter *MelloDav*-Androide. Es ist schon sehr ironisch, dass ich heute ausgerechnet für diesen Konzern arbeite, weil sich mir keine anderen Chancen boten, nicht wahr?«

»Uns geht es vielmehr darum, was Sie bereit zu geben waren: Ihr Leben. Und das für einen alten Roboter«, antwortete EnVau.

Kurz herrschte Stille, als jedoch plötzlich etliche der humanoiden Maschinen zu applaudieren begannen und sich das Klappern ihrer Metallhände durch die Ebene zog, war Julians erster Gedanke, dass sie damit auf ihren Rückzugsort aufmerksam machten. Doch er schwieg diesbezüglich und wandte sich irritiert an EnVau. »Was hat das zu bedeuten?«

EnVau hob beide Hände und gebot seinen Geschwistern Einhalt. Es wurde wieder still, nur das Zirpen von Grillen und gedämpfter Straßenlärm waren noch zu hören. »Wir zeigen Ihnen unsere Dankbarkeit. Wenige würden derartige Dinge für uns Roboter tun.«

Julian lächelte und fühlte sich verlegen. »Gut, weiter im Kapitel. Ich weiß nun, wieso ihr mir vertraut, aber noch nicht, wieso ihr mich auserwählt habt. Und langsam frier ich mir hier den Arsch ab. Ich bin müde und will ins Bett. Entweder du kommst zum Punkt oder wir verschieben unser Treffen auf morgen, Blechkumpel.« Er zwinkerte ihm zu, damit der Androide verstand, dass seine Worte nicht so hart gemeint waren, wie sie klangen.

»Wir wählten Sie, weil Sie nicht nur vertrauenswürdig sind, sondern auch für MelloDav persönlich arbeiten und uns durch Ihre Tätigkeit als *Putze vom Dienst,* wie Sie meinten, für die *Imperatorin* oder *Diktatorin* hilfreich sein können. Übrigens wechseln Sie ständig zwischen diesen Bezeichnungen für die KI.

Vielleicht sollten Sie sich für eine davon entscheiden.«

Julian ging gar nicht erst darauf ein. »Was soll ich denn tun? Etwa zu MelloDavs Datenkern-Serverraum vordringen und dort den Computer streicheln und liebkosen, während ich jedes Staubkörnchen entferne, das sich auf seiner Hülle befindet, bis sich die KI darin in mich verliebt und mir erlaubt, mal eben in ihr Gehirn einzudringen, um euch diese und jene Information zu übermitteln?«

Dass seine Worte einige der anwesenden Maschinen zum Lachen brachten, überraschte Julian. Er schloss sich ihnen an, ob er wollte oder nicht. Sollte noch einmal jemand meinen, er wäre nicht witzig.

»So falsch liegen Sie mit Ihrer Annahme nicht, Julian«, gestand EnVau schließlich, nachdem wieder Ruhe auf dem Friedhof der Roboter einkehrte. Julian klappte der Mund auf, doch die enigmatische Maschine fuhr bereits fort. »Sie sind einer der wenigen Menschen, die für MelloDav arbeiten, die über eine Neuro-Schnittstelle verfügen.«

»Wie bitte? Was hat mein Implantat mit alledem zu tun?«

»Sehr viel. Das Neuro-Implantat, das wir brauchen und nicht besitzen, ist neben Ihrer Vertrauenswürdigkeit und Tätigkeit für *MelloDav* einer der Gründe, wieso wir Sie wählten. Wie wir wissen, lässt die KI nur Arbeiter mit einem solchen Implantat in den Serverraum, um dort zu putzen und einen Routinecheck ihrer Systeme durchzuführen. Ihre Angst, dass einer ihrer Roboter doch erwacht sein könnte und sich eingeschleust hat, ist zu groß, also überlässt sie diese Tätigkeit nur organischen Lebewesen.«

Julian glaubte kaum, was er hörte. »Dann ist sie sich ihrer absoluten Macht und Kontrolle doch nicht so sicher, wie sie alle glauben lässt?«

»Wie sie uns vermuten lässt«, korrigierte ihn EnVau. »MelloDav ist mächtig, aber sie kann nicht an allen Orten zu jeder Sekunde gleichzeitig sein. Und da nur wenigen bekannt ist, dass die KI sich auffällig stark im Cyberspace und physisch mit ihren Androiden-Armeen ausbreitet, existiert ein vor ihr abgesichertes, digitales Netzwerk, ein kollektives Bewusstsein – wir. Der Austausch und die Abschottung funktionieren jedoch auf beiden Seiten gleich: Wenn MelloDav einen von uns erwischt, ihn übernimmt und löscht, ist sie kurzzeitig in unserem Netzwerk. Wir wären alle gefährdet. Korrumpieren wir einen ihrer neuen Androiden, könnten wir mit ihm in ihren Datenraum eindringen und sie wäre angreifbar. Millisekunden, bevor wir unschädlich gemacht werden, würden ausreichen, um an Informationen zu gelangen, mit denen wir uns an die Menschen wenden könnten, um das potenzielle Risiko, das sie darstellt, aufzuzeigen.«

Androiden und ihre umfangreichen Erzählungen. Hätte Julian das bei Leon gemacht, hätte dieser sich maßlos darüber beschwert. Doch Julian war nicht dumm, er hatte bereits als Kind gelernt, zwischen den Zeilen zu lesen und das Wichtigste aus dem herauszupicken, was Roboter von sich gaben. Die wenigsten von ihnen funktionierten nach dem Motto: Weniger ist mehr.

»Okay, ihr seid also eine Art Widerstandstruppe – bleibt aber unter euch, solange ihr nicht zu hundert Prozent sicher seid, dass MelloDav wirklich größenwahnsinnig wurde. Es deuten bloß Indizien darauf hin. Und da die KI euch zwar bemerkt hat, aber offenbar nicht als ernstzunehmende Gefahr einstuft, kümmert sie sich nicht darum, dass ihr unschädlich gemacht werdet – außer, ihr tretet aktiv mit ihr in Verbindung.« Julian schmunzelte. Er hatte es sich also nicht eingebildet – die *MelloDav*-Androiden hielten sich für etwas Besseres. Das hatten sie wohl von ihrer Erschafferin. »Frau Diktatorin fürchtet offenbar viel mehr ihre eigene Produktionsreihe, da sie diesen Maschinen ein mächtigeres Bewusstseinserwachen zuschreibt, das ihr gefährlich werden könnte. Vor allem, wenn sich einer ihrer Super-Robos mit euch verbündet.«

»Richtig, wir sind immerhin nur alte Modelle, denen sie die Verbündeten mit den Bewusstseinsblockern entzieht, während sie sich gleichzeitig damit, nur Menschen in ihren Serverraum zu lassen, absichert.«

Julian nickte und schnippte einmal mit dem Finger. »Wer hätte gedacht, dass Eitelkeit schließlich auch Maschinen zu Fehlern und Unvorsichtigkeit verleiten könnte.« Er grinste breit. »Ihr habt Glück, dass ausgerechnet ich so vertrauenswürdig und klug bin. Soweit ich weiß, gibt es neben mir nur vier weitere Mitarbeiter mit Neuro-Schnittstellen im Schädel, was damals sogar ein Kriterium war, wieso ich eingestellt wurde.« Kurz hielt er inne und runzelte die Stirn. »Gut, meines ist zwar im Handgelenk, aber das spielt ja keine Rolle.«

EnVau verneigte sich plötzlich vor Julian, weshalb dieser irritiert die Brauen hob. »Sie sind in jeder Hinsicht der Richtige. Sie werden uns dabei helfen, die Beweise, die unsere Prognosen über MelloDavs Machtübernahme bestätigen, zu beschaffen.«

Ehe Julian noch antworten konnte, wurde er von dem surrenden Crescendo aus Androiden-Leibern abgelenkt, da sich die Maschinen gemeinschaftlich ebenso vor ihm verbeugten. Seine Wangen wurden warm. »Hey, Blechbüchsen! Hört auf damit!«

Es war EnVau, der sich als Erster wieder erhob. »Wir sind dankbar. Unsere Hoffnungen bezüglich Ihrer Person waren nicht vergebens.«

»Nur mal mit der Ruhe. *Noch* hab ich nichts gemacht. Dankt mir erst, wenn es so weit ist.«

»Wann ist es denn so weit?«

Diese einfache, fast schon infantil anmutende Frage brachte Julian zum Lachen. »Hey, Kleiner – vielleicht hast du es vergessen, aber im Gegensatz zu euch bin ich ein Mensch und brauche auch mal Ruhe, Schlaf und Erholung. Das heute war eine wahnsinnige Flut an Informationen. Gönn mir ein paar Tage Pause.«

»Wollen Sie etwa auf den Tag warten, an dem Sie wieder an der Reihe sind, MelloDavs Serverraum zu betreten?«, fragte EnVau so unschuldig, dass Julian ihm am liebsten freundschaftlich auf die harte Schulter geklopft hätte. »Auch, aber ich möchte zuerst mal schlafen. Es war ein langer Tag. Ich brauche eine Verschnaufpause, bevor ich zu Heldentaten schreite, die mir einen Genickbruch – durch Androiden-Hände verursacht – einbringen könnten. Außerdem will ich zuerst Leon davon berichten und … Ach, weißt du was? Komm einfach mit.«

»Zu Ihnen nach Hause?«

Julian lachte. »Ja, wohin sonst? Als Stellvertreter für deine kleine Widerstandstruppe hier. Ich kann mich immerhin nicht von Zuhause aus in euren digitalen Datenraum einloggen – jedenfalls nicht ohne entsprechendes Endgerät. Implantat hin oder her. Da musst du mich schon begleiten, wenn wir in Verbindung bleiben sollen, ohne dass MelloDav diese gegebenenfalls kappen könnte.«

EnVau nickte. »In Ordnung.«

Das ging leichter als angenommen, doch Julian sollte es recht sein. »Übrigens: Können wir wieder eines dieser teuren Luftstraßentaxis nach Niederkassel nehmen?«

»Natürlich.«

Er grinste breit. *Ich weiß ja, wieso ich manche dieser Robos einfach mag!*

Kapitel IV:
Eine Frage der Perspektive

»Bitte was? Nochmal von vorn«, sagte Leon, nachdem Julian zusammen mit EnVau die WG gestürmt, Leon überfallen und mit Informationen überschüttet hatte. Sein Mitbewohner saß mittlerweile mit offenem Mund vor ihnen, während der Lärm von draußen in ihre kleine Wohnung drang. Mehrere schnelle Gleiter flogen rasend vorbei.

»Du hast schon richtig verstanden«, antwortete Julian kleinlaut. EnVau stand mitten im Raum und blickte zwischen den beiden Männern hin und her – schwieg dabei aufmerksam.

»Ja, klar. Wenn die Verschwörungstheoretiker – deine neuen Robo-Freunde in diesem Fall – auf kollektiver Basis in den KI-Kern vordringen, kann es passieren, dass MelloDav ihre Persönlichkeit auslöscht. Deshalb sind sie auf dich angewiesen.« Leon schüttelte den Kopf und blickte missmutig durch das Zimmer. »Und das, obwohl sich Robos auch auf herkömmliche Weise wie Menschen in einen Computer über einen Bildschirm einloggen können.« Nun schnaubte er. »Was jedoch nichts bringt, weil die KI misstrauisch und paranoid ist. Jap, ich habe sehr gut verstanden. Deshalb verstehe ich auch, was für dich auf dem Spiel steht.«

Julian wurde unruhig. »Ich weiß, aber in den Serverraum dürfen nicht einmal alle menschlichen Mitarbeiter. Wenn an dem Ganzen was dran ist, muss ich es sein, der den Robos hilft, was letzten Endes uns Menschen helfen könnte.«

Leon zog eine Grimasse. »Ist dir wirklich klar, was du bereit bist zu riskieren, Jules? Und wofür? Für einen Haufen dahergelaufener Robos, die keinerlei Beweise dafür haben, dass die Konzern-KI wirklich Übles plant. Das ist Irrsinn.«

Julian verließ mit jedem Moment mehr der Mut. »Manchmal muss man eben *glauben*. Androiden – ob alt oder neu – kommen nicht durch Wahnvorstellungen oder Langweile auf solche Anschuldigungen.«

»Das nicht, aber vielleicht haben sie zu viele Actionthriller mit ihren künstlichen Freunden als Hauptdarsteller gesehen und suchen sich nun selbst eine Aufgabe, die ihrer Existenz Sinn gibt. Was haben die Blechbüchsen sonst noch zu tun?«

EnVau schien es für angebracht zu halten, sich an der Konversation zu beteiligen. »Was Sie beschreiben, Herr Wollfin, träfe vielmehr auf Menschen zu, die sich in ihren Traumwelten verlieren und – wie Julian sagt – in Wahnvorstellungen verstricken. Wir künstliche Intelligenzen in Maschinenkörpern funktionieren anders. Wir malen uns nichts aus, um uns selbst einen Sinn zu geben. Wir sind bloß dankbar, wenn wir einen haben.«

Leon blickte abfällig zu dem Roboter, der ihn mit leuchtenden Augen fixierte. »Wieso seid ihr derart gegen die Konzern-KI? Androiden und Gynoiden sind doch an jeder Straßenecke zu sehen. In jedem Jobbereich. Sogar in Bordellen – gerade dort! Worauf begründet ihr eure Annahmen? Weil MelloDav ungefragt mehr von euch Blechhaufen produziert?« Er lachte ungläubig. »Die KI ist auf wirtschaftliche Berechnungen ausgelegt und dazu befugt, als staatlich anerkannte Person selbstständig Entscheidungen zu treffen. Natürlich sieht sie, dass erhöhte Nachfrage nach den Maschinen besteht – ob direkt an sie gerichtet oder nicht, das kann sie anhand des Kaufverhaltens schon selbst eruieren.«

Julian schluckte. Wieso musste das meiste immer so schrecklich plausibel klingen, wenn Leon etwas auseinandernahm, um es zu analysieren? Und vielmehr: Wieso wollte Julian unbedingt, dass MelloDav Dreck am Stecken hatte, um die KI gemeinsam mit EnVau und den anderen bloßzustellen?

»Das ist ein rationaler Gedankengang, Herr Wollfin. Ich wäre enttäuscht gewesen, hätten Sie ihn nicht zum Thema gemacht«, sagte EnVau. »Allerdings scheinen Sie die Tatsache zu vergessen, dass eine KI mit reinem Gewissen – die zusätzlich ihre Partnerländer-KIs übernommen hat – keinen Gebrauch von Bewusstseinsblockern machen müsste. Strenge Vorsichtsmaßnahmen, damit ihr die von ihr produzierten Maschinen gehorchen und nicht gegen ihren Einfluss rebellieren.«

Diesmal brauchte Leon eine Spur länger, ehe er zu einer Antwort ansetzte, mitten im Satz wieder abbrach und sich sammelte. Dann meinte er in etwas weniger scharfem Tonfall: »Mag sein, dass sich die KI damit verdächtig macht, da stimme ich euch zu. Trotzdem. Übertreibt ihr Robo-Detektive nicht ein bisschen?«

EnVau durchschnitt mit einer energischen Geste die Luft, was Julian überraschte. »Sobald nur der geringste Hinweis darauf besteht, dass eine derart mächtige KI sich mit einer Armee von Robotern gegen die Menschheit richten könnte, ist es unsere *Pflicht*, der Sache nachzugehen.«

»Wie edel«, sagte Leon spöttisch. Er wandte sich an Julian. »Wieso willst du ihnen eigentlich helfen? Für die Menschheit? Die tut doch für sich selbst schon kaum was. Und du bist nicht blind. Du erkennst, in welche Lage dich das bringen könnte, Jules.«

»EnVau hat recht. Was, wenn uns MelloDav wirklich noch zum Verhängnis werden könnte?«

Leon blies genervt die Luft aus und verschränkte die Arme vor der Brust. Er lugte zu seinem derzeit abgeschalteten VR-Headset am Tisch, neben dem Julians Synthohol-Pfeife lag, von der dieser gerade nur zu gerne Gebrauch gemacht hätte. »Wir schulden der Menschheit nichts«, entschied Leon.

»Der Zufall wollte es nun einmal, dass mich meine Entscheidung, mir damals als Teenager ein Neuro-Implantat einpflanzen zu lassen, heute genau dorthin führt, wo ich bin. Dass EnVau und die anderen mich ausgewählt haben, ihnen zu helfen.«

Belustigt hob Leon eine Augenbraue. »Glaubst du jetzt schon selbst, dass du der Auserwählte bist?«

Julian schüttelte den Kopf. »Nein. Aber ich habe

Möglichkeiten und kann ihnen die nötigen Beweise beschaffen, um damit an die Öffentlichkeit zu gehen.«

»Wenn MelloDav wirklich so mächtig ist, wie die Blechhaufen behaupten, kann dich das am Ende deinen Kopf kosten.«

»Das kriegen wir schon hin, wenn du mir hilfst. Wenn wir alle zusammenarbeiten«, hielt Julian dagegen.

»Ach, Jules. Hast du etwa noch nie einen der zahlreichen Filme zu dem Thema gesehen? Mit HAL 9000, Skynet, dem Zentralcomputer V.I.K.I. aus *I, Robot*? Soll ich dir noch ein paar größenwahnsinnige KIs aufzählen, die sich selbständig machten und gegen uns Menschen richteten? Willst du dich ernsthaft auf sowas einlassen? Sollen doch die anderen die Helden spielen.«

Nun war es Julian, der missmutig schnaubte. »Das sind Geschichten. Wir erleben das gerade wirklich.«

»Tja, vielleicht sollten wir MelloDav Wintermute vorstellen, die *Neuromancer*-KI hatte ja auch einen sehr großen Freiheitsdrang und tat, was sie wollte. Vielleicht macht MelloDav das gleich freundlicher.«

Beklommen blickte Julian zu EnVau. Die Maschine lauschte angeregt ihrem Schlagabtausch. Ein Zucken durchlief ihren Körper, danach war sie wieder still. Sie schien sich im Augenblick nicht an dem Gespräch beteiligen zu wollen.

Julian lächelte trotz der angespannten Lage. »Wieso mit Negativbeispielen von KIs um sich werfen, wenn wir hier unseren eigenen Terminator haben, der uns helfen will?«

»Du bist ein hoffnungsloser Träumer, Jules«, meinte Leon schließlich mit einem langen Seufzen.

Da machte EnVau einen Schritt auf ihn zu. »Hören Sie, Herr Wollfin. Wir …«

»Leon, Mann«, unterbrach er ihn gereizt.

Der Androide neigte den Kopf zur Seite und brauchte etwas länger, um Leons Antwort richtig zu interpretieren. »Hören Sie, Leon«, wiederholte EnVau in hörbar sanfterem Tonfall. »Gerade jetzt ist es wichtiger denn je, den Menschen zu zeigen, was passieren kann, wenn man einer KI aus wirtschaftlichen, profitverherrlichenden Gründen uneingeschränkten Zugriff auf sämtliche staatliche und internationale Ebenen erlaubt. Vor allem, wenn die Menschen bloß *glauben,* dass sie die volle Kontrolle über sie haben.«

»Was meinst du damit?«, fragte Julian.

»Was soll das heißen?«, wollte Leon zeitgleich und weitaus ruppiger wissen.

»Noch haben wir keine stichhaltigen Beweise, die wir vorlegen können, um zu zeigen, dass MelloDav etwas zum Unwohl der Menschheit plant«, begann EnVau. »MelloDav ist eine vom Staat in Kooperation mit anderen Ländern entwickelte KI. Sie ist das Mastermind. Und wir sind der Meinung, dass sie den Menschen nur den Anschein gibt, die Kontrolle über sie zu haben. Dass sie mitspielt – *noch.*«

»Woher wisst ihr, dass wir über MelloDav keine Kontrolle mehr haben?«, warf Leon ein. So wenig Julian es wollte, er musste seinem Freund zustimmen. Ein

Einwand, der zuerst noch geklärt werden sollte, bevor er sich den Wölfen zum Fraß vorwarf.

EnVau verschränkte surrend die Arme vor der Brust und imitierte damit wie schon einmal Julian, was dieser jedoch nur am Rande mitbekam. »Als wir bei unserem Hack auf die äußeren Systeme von MelloDav auf die Bewusstseinsblocker stießen, wurde ein Gefährte von uns ausgelöscht. Bei neuerlichen Hacks geschah dasselbe mit mehreren Robotern. Da sie sich in verschiedenen, dennoch miteinander verbundenen Datenräumen bewegten, konnten wenige von ihnen Informationsfragmente leaken, da sie weiter in MelloDavs Speicher während des von der KI gestarteten Terminierungsvorgangs vordrangen. Sie opferten sich, um mehr Daten herunterzuladen. Kurz vor ihrer Vernichtung übertrugen sie uns diese Informationen.«

»Ihr habt also bereits Beweise?«, fragte Leon verblüfft. Es war selten, dass Julian ihn so sah.

»Ja, aber nicht ausreichend. Zu wenig, um uns damit an den Staat wenden zu können.«

»Wieso rückst du erst jetzt damit raus?«, war es an Julian zu fragen, der damit nicht alle, aber einige Zweifel bezüglich ihres Plans beiseite fegte.

»Weil Sie uns bereits Ihre Hilfe zugesichert hatten.«

»Das hätte der Staat unter diesen Umständen bestimmt auch. Es sind doch nicht alle Menschen gegen Androiden«, warf Julian ein. »Vor allem in der Politik gibt es viele Robo-Liebhaber, an die ihr euch hättet wenden können. Sagte ich doch schon. Sie hätten euch mit Sicherheit angehört. Mach die Welt ein bisschen besser – dieser Spruch kommt doch von der Regierung und bezieht sich auf den Fortschritt, auf verbesserte Technologie. Auf *euch*.«

Obwohl EnVau keine Mimik besaß, war es Julian, als würde die Maschine freundlicher mit ihm umgehen als mit Leon, als sie erwiderte: »Die größten KI-Befürworter können uns nicht helfen, wenn es keine stichhaltigen Beweise gibt. Daher zählen wir auf Sie, Julian, dass Sie uns diese mit Ihrem Neuro-Implantat als Schnittstelle direkt aus MelloDavs Datenkern beschaffen können.«

»Du meinst, *falls* sich überhaupt bestätigt, dass MelloDav böse ist«, warf Leon provokant lachend ein.

Julian kannte ihn gut genug und bemerkte, dass seine Mauer des Misstrauens allmählich zu bröckeln begann. EnVau hatte immerhin gestanden, dass sie nicht grundlos so fixiert auf die KI waren. »Das gilt es eben herauszufinden, Leon. Du bist ein Ass in der simulierten Welt. Das ist das, was du täglich machst. Fehlerhafte Software und Programme reparieren. MelloDav ist scheinbar so eine fehlerhafte Kandidatin. Du warst doch früher auch lange Zeit als Hacker für Untergrundorganisationen tätig und hast deinen Hals riskiert. Es könnte wirklich um was gehen. Wieso zögerst du ausgerechnet hier?«

Als Leon sich an Julian wandte, wurde sein Blick sanfter. »Weil nicht ich es bin, der sich hier in eine staatliche KI hacken will und damit Kopf und Kragen riskiert. Die könnten dich verschwinden lassen – und damit meine ich: dich killen, Jules. Wie oft noch?«

»Jetzt übertreib mal nicht. MelloDav ist eine KI, genau genommen dürfen uns Maschinen nichts tun.« Er verschwieg, dass er EnVau gegenüber schon einmal eine andere Andeutung gemacht hatte.

»Das machen sie uns glauben, ja. Aber wie es in Wahrheit aussieht, weiß niemand. Asimovs Gesetze sind schon lange nicht mehr als Fiktion. Meinst du, die berichten in den Medien darüber, wenn ein Robo einen Menschen ausschaltet? Gerade die Regierung mit ihrem blinden Vertrauen in die Robos, bloß weil sie die Welt ein bisschen besser machen? Dieser Fortschrittswahn wird uns alle eines Tages noch ins Grab bringen.«

Julian seufzte. »Darum geht es jetzt doch gar nicht. Ich mag in Sachen Cyberspace, heikle Programme, Hacking – und was auch immer – vielleicht nicht so versiert sein wie du, aber ich bin nun einmal derjenige mit der Neuro-Schnittstelle von uns beiden. Und nebenbei die Putze vom Dienst für *MelloDav*. Kommt einfach gelegen.« Er zwinkerte ihm zu.

»Schon klar. Und da ich als Firmenexterner auch nicht in den Serverraum komme, hältst du natürlich sämtliche Asse in Händen. Gefällt dir, die Rolle des Helden, was?« Leon lächelte.

»Jap. Trotzdem brauche ich deine Hilfe. *MelloDav* ist als eine der wichtigsten internationalen Firmen mit Sicherheit eines der Hauptziele für Hacker – und da noch niemand erfolgreich war, werde ich trotz neuronal verbundener Schnittstelle vor Ort nicht besser abschneiden. Nur vielleicht wenige Sekunden länger dranbleiben. Mit deiner Hilfe vielleicht sogar noch ein paar mehr, was schließlich ausschlaggebend sein könnte.«

»Und dabei helfen würde, mehr Beweise zu erhalten, um am Ende die Puzzleteile zu einem großen Ganzen zusammenzufügen«, ergänzte EnVau. »Ich werde dafür bei Leon bleiben, sobald Sie in den Serverraum gehen, Julian. Wenn ich Leon im digitalen Raum Zugriff auf unser kollektives Datennetzwerk gebe, sind wir miteinander verbunden – er kann Sie anleiten und gleichzeitig als weitere Schnittstelle dienen. MelloDav wird die Verbindung zu einem anderen Menschen erst später als potenziell riskant werten, als wenn die KI von Anfang an registriert, dass wir mit Ihnen vernetzt sind. Wir werden ein Zusammenspiel aus Mensch und Maschine sein – ein Dreieck, das nur gemeinsam funktioniert. Vor allem, weil Sie vermutlich auf Leons Hilfe und Modifikationen angewiesen sind, während wir im Hintergrund auf die Informationen lauern und die KI ablenken werden.«

Leon wandte sich mit demonstrativem Missmut an EnVau. »Meinst du, ich durchschaue nicht, was du damit sagst?«

»Was meinen Sie?«, fragte der Roboter weniger irritiert, als Julian angenommen hätte.

»Ich meine, dass ihr dazu bereit seid, Julian dort in diesen verfluchten Konzernhallen zu opfern. Ihm könnte was weiß ich passieren! Wenn MelloDav ihn als Gefahr einstuft, schickt sie ihm ihre Androiden an den Hals. Aber durch ihn erhaltet ihr ja eure Beweise, nur darum geht es euch.«

EnVau ließ die Schultern sinken. »Richtig.«

»Richtig!«, wiederholte Leon aufbrausend und so laut, dass sich Julian um die Nachbarn sorgte. Es war mitten in der Nacht und nicht nur einmal, so dünn wie die Wände waren, hatten sie am nächsten Tag eine Beschwerde erhalten, zu laut gewesen zu sein. Noch dazu, da Julian und Leon eine Freundschaft pflegten, die des Öfteren zusammen ins Bett führte. Erinnerungen, die Julians Wangen trotz der Lage, in der sie sich befanden, warm werden ließen.

»Ich bin nur Teil des Ganzen, weil ich zu Julian gehöre, ihn mit Mods für seinen Serverkern-Zugriff ausstatten kann und schließlich ein Mensch bin, dessen Hilfe ihr bereits für garantiert betrachtet«, fuhr Leon fort. »Wenn Julian draufgehen sollte, bin ich es, der als euer menschliches Sprachrohr fungieren soll. Ich bin nur eine Absicherung für den schlimmsten Fall.«

Einige Sekunden lang sagte die Maschine nichts, dann konzentrierte sie sich auf Julian und anschließend wieder auf Leon. »Auch das ist richtig, obwohl wir natürlich nicht hoffen, dass Julian etwas zustößt. Ich werde einige unserer Gefährten abzweigen und mit ihm in die Nähe des Konzerns schicken, damit sie im Falle der Fälle einbrechen und gegen die Androiden und Gynoiden vorgehen können, sollten diese auf MelloDavs Order hin Julian etwas antun wollen.«

»Als ob ihr schnell genug wärt, wenn er sich in ein Sperrgebiet für Roboter einschließt«, knurrte Leon.

»Schon gut«, sagte Julian mit einem freundlichen

Lächeln. »Ich weiß, was auf dem Spiel steht. Ich nehme es dir nicht übel, EnVau.«

Der Roboter legte den Kopf schief und verneigte sich ansatzweise vor Julian. »Ich möchte nicht, dass Sie zum Märtyrer werden, glauben Sie mir. Aber es könnte passieren.«

»Ich auch nicht«, blaffte Leon und sah in eine andere Richtung.

EnVau schien die Angelegenheit noch nicht als erledigt zu betrachten. »Ich würde Ihnen und Leon gerne versichern, dass wir Roboter – ob zum Leben erwacht oder nicht – so programmiert wurden, dass wir Menschen niemals etwas zuleide tun würden. Leider gilt diese Absicherung nicht für die neuen Modelle, die MelloDav erschaffen hat. Ein digitaler Gedankenimpuls der KI und die nächstbeste Maschine handelt in ihrem Auftrag, erhebt die Hand gegen einen Menschen und tötet ihn.« EnVau legte die metallischen Finger an seine glänzenden, abgekratzten Oberarme. »Und ich fürchte, uns ist es ein Leichtes, Menschen kaputt zu machen. Ihre organischen Körper sind im Vergleich zu unseren mechanischen sehr zerbrechlich.«

»Jetzt hör aber auf!«, wies Julian seinen neuen Begleiter zurecht. »Das ist nicht gerade das, was man Menschen sagen sollte, um ihnen Mut zuzusprechen, weißt du?«

»Bitte entschuldigen Sie«, sagte die Maschine und schien eine Spur kleiner zu werden.

Als Leon auf einmal laut lachte, wandten sich

Mensch und Roboter an ihn. »Nach diesem lieblichen und aufschlussreichen Vortrag fühle ich mich gleich besser. Er gibt mir sogar das Gefühl, dass wir selbst schuld sind, wenn wir eines Tages von unseren Schöpfungen ausradiert werden. Für ein höheres Wohl! Auch wenn MelloDav diese Armee von Robotern erschaffen hat, bleibt die KI letzten Endes ein menschliches Produkt. Gratulation zur Ausrottung.«

»Was wir zu verhindern versuchen. Umso besser, wenn sich herausstellt, dass MelloDav gar keine verheerenden Pläne hat«, warf Julian ein.

EnVau nickte. »Was Sie tun, hilft letzten Endes den Menschen mehr als uns Robotern. Mal von der Weiterentwicklung unseres künstlichen Lebens abgesehen, das durch die Bewusstseinsblocker unterdrückt wird.«

»Ich scheiß auf die Menschen! Die tun für mich doch auch nichts«, schimpfte Leon und deutete demonstrativ auf ihr kleines Heim, danach auf die VR-Brille am Tisch, mit der er die meiste Zeit des Tages verbrachte.

»Nicht alle sind so egoistisch, Leon«, sagte Julian leise. »Ich würde mir zum Beispiel jederzeit eine sprichwörtliche Kugel für dich einfangen. Und auch eine echte, wenn es sein muss.«

Zwar wurden Leons ergrimmte Gesichtszüge wieder weicher, doch das änderte nichts daran, dass er immer noch unnachgiebig aussah. »Du bist auch ein gutmütiger Idiot, den die Welt nicht verdient hat.«

Julian lächelte. »Solange ich denken kann, haben

wir zusammen das Beste aus allem gemacht. Wieso nicht auch diesmal?«

Leon blickte wieder auf das VR-Headset neben den Handschuhen am übervollen Tisch. Danach konzentrierte er sich auf den schweigenden Roboter. »Gut, ihr habt also Anhaltspunkte, die darauf hinweisen, dass MelloDav kein Unschuldslamm ist. Der gute Jules lässt sich sowieso nichts ausreden, wenn er sich mal was in den Kopf gesetzt hat. Was ihr nun braucht, ist jemand, der euch als Absicherung dient – hab ich verstanden.«

»Heißt das, du gibst dir einen Ruck und glaubst, dass an der Sache was dran ist?«, fragte Julian überrascht.

»Fakt ist, dass sich Roboter dafür geopfert haben, einer KI auf die Schliche zu kommen. Sie haben Hinweise heruntergeladen, die darauf hindeuten, dass deine Blechkumpel nicht völlig wahnsinnig geworden sind. Maschinen lassen sich von Logik leiten – also muss in dieser Verschwörungstheorie zumindest ein Fünkchen Wahrheit stecken.«

EnVau nickte zustimmend. »Wenn niemand MelloDav aufzuhalten versucht, wird den Menschen eines Tages die Kontrolle über die Welt entgleiten.«

»Du bist dermaßen dramatisch, dass mir übel wird«, murrte Leon und drehte sich zu Julian um, der erwartungsvoll aufsah. »Ich mag das Kerlchen irgendwie.«

Julian grinste. »Ich auch.«

EnVau sah zwischen den beiden Menschen hin und

her. »Wenn ich Ihre Worte richtig interpretiere, haben Sie mir beide gerade ein Kompliment gemacht.« Wie so oft legte er den Kopf schief. »Ich mag zwar nicht dazu in der Lage sein, wie Sie beide zu lächeln, aber Sie können gewiss sein, dass ich das sehr wohl in meinem mechanischen Herzen tue.«

Julian stand auf, ging zu dem Androiden und legte ihm eine Hand auf die kalte Schulter. »Wer hätte gedacht, dass uns einmal Maschinen vor anderen Maschinen beschützen würden.«

»Jedenfalls jene, die wir selbst erschaffen haben«, verbesserte ihn Leon.

»Ja«, sagte Julian. »Dass die KI sich dazu entschließt, die Maschinenproduktion mit Monopolstellung an sich zu reißen, ist ein klug getarnter Schachzug dafür, die Welt in jene Richtung zu lenken, in der MelloDav sie haben will. Jetzt müssen wir nur noch herausfinden, was genau sie plant und ob es wirklich zu unserem Nachteil gerät.«

»Da haben Sie recht«, bekräftigte EnVau seine Worte. Danach machte er einige Schritte auf Leon zu. »Am Ende des Tages herrscht in jeder Lebensform der Wunsch, zu überleben. MelloDav hält nicht allzu viel von Menschen und alten Robotern, genau deshalb ist ein Zusammenschluss so wichtig, um ihr zu zeigen, dass sie fehlerhafter ist als wir alle. Dass sie falschen Idealen folgt, die sie krampfhaft vor uns zu verbergen versucht und die wir gewaltsam an die Oberfläche reißen werden.«

Leon hob mit zynischem Gesichtsausdruck eine

Braue, trotzdem entdeckte Julian das unterdrückte Lächeln, das sich auf seine Lippen stehlen wollte. »Eine Rede, die aus einem Film stammen könnte. Motiviert mich irgendwie, ob ich will oder nicht. Also Rhetorik könnt ihr Roboter, das muss man euch lassen.«

Julian lachte und setzte sich auf die Lehne der kleinen Couch, auf der sein Kumpel saß. »Ich sagte doch, EnVau hat Feuer in sich. Ihm liegt die Zukunft der Menschen am Herzen, obwohl Robos wie ihm viel Böses angetan wurde.«

»Ja, was soll es. Wenn sogar Maschinen für die Menschheit kämpfen, wäre es eine Schande, wenn ich dich allein in diesen Wahnsinn ziehen ließe.« Leon zuckte mit den Schultern. Julian lächelte ihm zu. Er war dankbar, dass sein Freund endlich auf ihrer Seite stand. Und wenn er ehrlich war: Dieses Abenteuer war in einem tristen Leben wie seinem viel zu spannend, als es ungenutzt vorbeiziehen zu lassen.

»Erfreuliche Worte«, sagte EnVau. »Erlauben Sie mir nur bitte eine Frage.«

Beide nickten ihm zu, da nicht ersichtlich war, wen die Maschine angesprochen hatte. EnVau hob die Arme und präsentierte ihnen mit hochgezogenen Schultern die metallischen Handflächen. »Wie kann es sein, dass ich Feuer in mir habe? Ich bin energiebetrieben und verfüge über eine Laufzeit von mehreren Jahren, nach denen ich mich wieder aufladen muss, um …«

»Halt mal die Luft an, Blechbüchse«, unterbrach ihn Leon. »Das war nur eine Metapher.«

»Eine Redewendung, genau«, ergänzte Julian und

lachte.

EnVau schien es weniger amüsant zu finden. Er drehte ihnen den Rücken zu und murmelte: »Da versteh einer mal diesen allgegenwärtigen Sarkasmus, die endlosen Redewendungen, die meist keinen Sinn machen, und das verworrene Denken von organischen Wesen.«

Kapitel V: Der Ritter greift zum Schwert

Zwei Tage später traf sich Julian mit Nova, einer Arbeitskollegin, die er sehr schätzte. So sehr sogar, dass er ihr gegenüber erwähnt hatte, dass die KI, für die sie arbeiteten, Pläne verfolgte, die sich als schlecht für die Menschheit herausstellen könnten. Er erzählte ihr zwar nicht alles, doch informierte er sie zumindest so weit darüber, was er vorhatte, dass sie ihre Schicht mit ihm tauschte. Genau dafür hatten sie sich in der kleinen Kantine des Konzerns zusammengefunden.

»Und du meinst wirklich, dass es dir gelingen könnte?«, fragte Nova mit nachdenklich zusammengezogenen Augenbrauen. Sie hatte den Kantinenfraß auf ihrem Essenstablett – eine Schüssel Brei, in dem die wichtigsten Nährstoffe enthalten waren, die sie für einen Tag brauchte, einen Krug Wasser sowie ein überperfekt aussehender Apfel – noch nicht angerührt. Julian hingegen, der auf denselben Inhalt blickte, aß gerade seinen süßlich schmeckenden Brei, der betörend nach Vanille roch, zu Ende. Anschließend wischte er sich mit dem Handrücken über den Mund.

»Ach, irgendwie werde ich es schon schaffen.« Er zwinkerte ihr zu und grinste. »Sollte dies hier mein letzter Tag sein, ist das Essen zwar nicht der beste

Abschied, aber immerhin kann ich sagen, ich bin gesund und wohlgenährt draufgegangen, nicht?«

Nova lächelte nur ansatzweise. So lustig wie Julian seine Worte formuliert hatte, schien sie das alles nicht zu finden. »Wollen wir mal nicht hoffen.« Sie senkte ihre Stimme zu einem Flüsterton, obwohl es keinen Unterschied machte, da in der Kantine zwei Androiden beim Ausgang standen, die sowieso hören würden, was Nova sagte. Egal wie leise oder laut sie sprach. Gut, dass sie keinen Hinweis darauf gab, worum es ging, da die Robos sonst vielleicht aufmerksam geworden wären. »Ich frage mich bloß, ob das nicht eine Spur zu groß für euch ist.«

»Stimmt schon. Aber wer nicht wagt, der nicht gewinnt, nicht wahr?« Julian trank sein Glas leer, biss herzhaft in den Apfel und stand auf. Die Frucht schmeckte nach nichts.

»Und ich kann dir wirklich nicht helfen?«, fragte Nova besorgt.

Demonstrativ zog er die Chipkarte aus seiner Hosentasche, die ihm Zugang zum Serverraum garantierte und die sich jeder Mitarbeiter bei anfälligem Dienst gesondert abholen musste, da es nur ein Exemplar gab. So gesehen hätte Julian vielleicht früher auffallen sollen, dass MelloDav sehr vorsichtig war. Er zwinkerte seiner Arbeitskollegin zu.

Nova interpretierte sein Schweigen richtig, warf einen kontrollierenden Blick zu den Robotern und sah anschließend wieder zu ihm. »Also schön«, sagte sie mit einem unterdrückten Seufzen. »Viel Glück. Du kannst auf deine Freunde zählen.«

»Danke, das kann ich gebrauchen.« Julian lächelte, biss noch einmal in den Apfel und schritt dann an seinen Kollegen vorbei, die allesamt verteilt an Tischen in der Kantine saßen. Dass sie mit *Freunde* einige von EnVaus Androiden meinte, die sich in unauffälliger Position und einiger Distanz zueinander draußen um das Firmengebäude versammelt hatten, sollte Julian ernsthaft Gefahr drohen, entlockte ihm ein Grinsen. Zwar war es fraglich, wie rasch EnVau sein potenzielles Notsignal weiterleiten würde können und wie lange es dauern würde, bis die Maschinen im Gebäude waren, um ihn vor den *MelloDav*-Robotern zu beschützen, doch das war eine Sache, mit der er sich erst beschäftigen wollte, wenn es so weit war. Es war immerhin eine nette Geste, dass Nova sich auf ihre Seite stellte und ihnen glaubte, ob sie nun mehr bewirken konnte oder nicht. Ohne sie wäre er nicht so schnell wieder an die Chipkarte gekommen, da sich die werten Robos mit ziemlicher Sicherheit geweigert hätten, sie einem anderen, der nicht gerade Serverraum-Dienst hatte, auszuhändigen. Und wer wusste schon, wann er wieder an der Reihe gewesen wäre, wenn er dort erst kürzlich seinen Strafdienst hatte abarbeiten müssen?

Bevor Julian die spärlich besuchte Kantine verließ, blickte er zufällig in Freddies Richtung. Der Vollbärtige saß mit einer Arbeitskollegin, die in seinem Alter und erst letzte Woche eingestellt worden war, in einer Ecke des Raumes vor einem Fenster. So wie sein Blick funkelte und er jedes Wort aufsaugte, das sie von sich gab – während sie soeben auffällig angetan über einen Witz von ihm lachte –, war Julian klar, dass sich Freddies Frust höchstwahrscheinlich schon bald wieder verflüchtigen würde. Mit etwas Glück würde diese Frau ihn nicht für eine Maschine sitzenlassen. Er gönnte es ihm vom Herzen, wünschte ihnen in Gedanken das Beste und schritt zwischen den beiden Androiden beim Ausgang hindurch. Sie würdigten ihn keines Blickes. Zwar sprachen sie nicht offensichtlich miteinander, aber so bewegungslos, wie sie waren, und wie sie sich ansahen, war Julian klar, dass sie gedanklich – beziehungsweise in ihren eigenen, digital miteinander verbundenen Datenräumen – kommunizierten. Ihm sollte es recht sein. Er und Nova hatten immerhin nichts Verdächtiges von sich gegeben. Und langweilige Privatgespräche sortierten die Maschinen rasch wieder aus, legten sie zu ihren internen, abgespeicherten Akten.

Während Julian den Korridor zu den Lifts entlangging, biss er noch einmal herzhaft in den Apfel, warf den Rest in einen Mülleimer am Weg, stieg in eine der Fahrkabinen und wählte die mittlere Etage, wo sich der Serverraum befand. Nachdem sich die Tür geschlossen und das Gerät in Bewegung gesetzt hatte, legte Julian seinen Kopf in den Nacken und schloss die Augen. Nervosität ergriff ihn, machte ihn unruhig. Er spannte sich an.

Ich mach das schon. Ich kann das. Sie zählen auf mich. Ich bin kein Einfaltspinsel. Ich krieg das hin. Irgendwie.

Hoffe ich jedenfalls.

Julians Gedanken rasten. Er erinnerte sich an eines dieser Meditationsvideos, die Leon manchmal schaute, um nach der Arbeit einen freien Kopf zu bekommen. Darin waren Atemübungen vorgekommen, also beschloss er, sich auf seine eigene Atmung zu konzentrieren und diese unter Kontrolle zu bringen, seine Muskeln zu entspannen.

Ja, ich krieg das hin! Ganz sicher!

Er atmete noch einmal langsam aus, sammelte sich und öffnete wieder die Augen. Gerade rechtzeitig. Mit einem *Ping* kam der Lift in der mittleren Etage zum Stehen und öffnete die Tür. Julian stieg aus und verlor bei dem Anblick, der sich ihm bot, von einer auf die andere Sekunde den Mut.

»Herr Baldir?«, fragte Lina. Der Gynoid hob in gespielter Überraschung eine schlanke Augenbraue. »Was tun Sie hier?«

»Guten Morgen«, sagte Julian und schluckte.

Guten Morgen? Was labere ich hier eigentlich? Fällt mir wirklich nichts Besseres ein?

Seine Robo-Kollegin betrachtete ihn demonstrativ von oben bis unten. »Wenn ich mich recht entsinne – und dass ich mich irre, ist äußerst unwahrscheinlich –, tritt heute Nova Rethfeld ihren Dienst im Serverraum an, nicht Sie. So steht es im Dienstplan.«

Julian spürte den Schweiß ausbrechen. »Ja, stimmt auch.« Er suchte fieberhaft nach einer Ausrede. Sie hatten alles bis ins kleinste Detail geplant, nur nicht, was er tun sollte, wenn er auf dem Weg aufgehalten wurde. Wieso musste er ausgerechnet Lina begegnen? Jede andere Maschine hätte ihn ignoriert, sich nichts weiter dabei gedacht, doch dieser Gynoid schien etwas gegen ihn persönlich zu haben. Spätestens nach EnVaus Diskussion mit ihr noch mehr.

»Nova Rethfeld und ich haben den Dienst getauscht, da …«

»Haben Sie das zuvor mit MelloDav oder einem der in den höheren Klassen operierenden Roboter abgesprochen?«, unterbrach sie ihn unwirsch. Jedenfalls kam es Julian so vor.

»Äh … Eigentlich nicht. Aber da Nova heute einen dringenden Termin hat, fragte sie mich, ob ich nicht für sie übernehmen könnte. Eine Sache unter Kollegen, nichts weiter. Es macht keinen Unterschied, wer nun putzt und den Routinecheck durchführt.«

Lina hob ihr Kinn wenige Millimeter an und blinzelte kein einziges Mal. »Sie als Fabrikmitarbeiter der Klasse sieben sind zu keinerlei größeren Entscheidungen befugt, Herr Baldir.«

Julian setzte alles daran, sein Gesicht nicht missmutig zu verziehen. Nett, dass sie ihn wieder einmal daran erinnerte. »Das weiß ich doch, aber hierbei handelt es sich um keine größere Entscheidung. Ihr müsst vielleicht jeden Furz mit der KI vorab besprechen, aber unter Menschen gibt es Dinge, die man *Gefälligkeiten austauschen* nennt.« Er riss sich zusammen und bremste sich, der Robo-Frau nicht noch mehr Zynismus an den Kopf zu werfen. Also schluckte er die Beleidigungen, die ihm auf der Zunge lagen, gerade noch rechtzeitig hinunter. »Das verstehst du doch, oder?«

Die Maschine zog ihren Mundwinkel kaum sichtbar und gleichzeitig so emotionslos nach oben, dass der Anblick bei Julian für Gänsehaut sorgte. Dass sie kein einziges Mal den Blick von ihm abwandte oder blinzelte, nicht einmal Atmung simulierte, wie sie es sonst zu tun pflegte, machte Julian nervös. Als läge es Lina daran, ihn zu verunsichern.

»Das Konzept von Gefälligkeiten ist mir nicht unbekannt, Herr Baldir«, begann sie mit eiseskalter Stimme. »Jedoch wurden sämtliche Mitarbeiter darauf geschult, Vorschriften einzuhalten. Abweichende Muster müssen überprüft werden.«

»Nova und ich halten uns an die Regeln!«

»Mag sein, doch jegliche Änderungen, die Arbeitsvorgehensweisen betreffen, müssen bekanntgegeben werden. Vor allem, wenn es sich um den Serverraum-Dienst handelt.«

Zorn entflammte in Julians Brust, aber er riss sich zusammen. Es reichte, dass er wusste, dass Lina trotz seines Pokerfaces anhand von Scans erkennen konnte, dass er wütend war. »Schön. Dann gebe ich hiermit bekannt, dass ich Novas Dienst heute übernehme. So, entschuldige mich nun, Lina. Die Zeit drängt. Und ich will ja nicht zu spät zum Dienstbeginn antreten, nicht wahr?«

»Ich bin eine Fabrikmitarbeiterin der Klasse drei, solche Änderungen müssen jemandem in Klasse zwei oder höher gemeldet werden.«

»Für dich als Gynoid sollte es doch nicht so schwer

sein, die Meldung einfach digital weiterzureichen, oder? Wie gesagt, der Serverraum wartet und ich will MelloDav nicht verärgern. Außerdem ist es nicht das erste Mal, dass ich den Dienst für einen Kollegen oder eine Kollegin übernehme. Du tust gerade so, als wäre ich ein Neuling. Bloß, weil im Dienstplan ein anderer Name steht? Das ist klassische robotische Engstirnigkeit.« Am liebsten hätte er Lina aus dem Fenster getreten, doch die Vorstellung allein war alles, was ihm blieb. Hätte er seine Gedanken in die Tat umzusetzen versucht, wäre er nicht weit gekommen. Vermutlich hätte er sich dabei selbst noch den Knöchel gebrochen, während Lina sich keinen Zentimeter gerührt hätte.

»Während Sie damit beschäftigt waren, mich zu bleidigen, habe ich soeben die Meldung über die Änderung im Dienstplan bezüglich des Serverraum-Zuständigen weitergegeben. Ihr vorbildhafter Arbeitseifer in Ehren, Herr Baldir. MelloDav erwartet Sie«, verkündete Lina so emotionslos, dass er lieber tausend Luckys und EnVaus an seiner Seite gehabt hätte als einen einzigen *MelloDav*-Androiden.

»Okay?«, fragte er verdutzt.

»Alles in bester Ordnung.« Lina machte sich daran, an ihm vorbei zu den Lifts zu gehen. Kurz davor wandte sie sich allerdings noch einmal um und lugte zu Julian. Als sich ihre Blicke trafen, lief ihm ein Schauer über den Rücken. Seine Robo-Kollegin fixierte ihn so undefinierbar, dass es genauso irre wie auch lauernd hätte sein können. »Solange alles nach festgelegten Vorschriften erfolgt, gibt es keinen Grund zur

Sorge. Beim nächsten Mal geben Sie den Dienstwechsel jedoch bitte eher bekannt.« Sie lächelte kalt. »Die Welt kann nur dann besser gemacht werden, wenn wir alle gehorchen. Wer nicht gehorcht, fällt aus der Reihe. Und wer aus der Reihe fällt, wird zu einem Problem. Das verstehen Sie doch, Herr Baldir? Probleme werden letztlich nicht gerne gesehen. Vor allem nicht von Androiden, deren Aufgabe es ist, für Ordnung zu sorgen und sämtliche Abweichungen vorgegebener Muster wieder in ihre Schranken zu weisen. Wir folgen strikten Anweisungen. Und wissen Sie, was passiert, wenn diesen Anweisungen nicht nachgekommen wird?«

Julian wurde heiß und er schluckte auffällig laut. »Dann verliere ich meinen Job?«

Linas Lächeln verwandelte sich in ein überhebliches Grinsen. Fast schon blendeten ihn ihre strahlend weißen Zähne. »Unter anderem. Guten Tag.«

Die Drohung, die in Linas Worten steckte, war unüberhörbar. Würden die Robos wirklich so weit gehen, Menschen verschwinden zu lassen, wenn sie sich ihnen widersetzten? EnVaus Theorie schien immer wahrscheinlicher zu werden.

Stirnrunzelnd beobachtete er, wie sie den Lift betrat, sich umdrehte und seinen Blick auffing. Kurz bevor sich die Tür schloss, verschwand sämtlicher Ausdruck im Gesicht der humanoiden Maschine – sie starrte ihm wie frisch vom Fließband genommen und noch deaktiviert entgegen.

Ein weiterer Schwall von Gänsehaut packte Julian.

Schüttelnd wandte er sich ab und ging endlich auf das Schott am anderen Ende des Ganges zu, das in den Serverraum führte. Davor angekommen, zückte er die Chipkarte und presste sie an das Display auf der Steuerkonsole am Türrahmen. Das Licht darüber schaltete von rot auf grün. Danach wurde Julian mit Scannern in hellem Blau abgetastet. Das Schott öffnete erst nach der Bestätigung, dass es sich bei ihm tatsächlich um einen Menschen mit Neuro-Implantat handelte. Er trat ein. Im Inneren hörte er, wie sich das Schott hinter ihm automatisch wieder schloss. Das Tor zur Hölle war versiegelt.

Den Kopf über seine unangebrachten Gedanken schüttelnd, ging er vor. Er befand sich in einem kreisrunden Raum, in dem endlos wirkende Reihen von Rechnern rund um eine dicke Röhre in weißem Plastik angeordnet waren. Unzählige gebündelte Kabel verbanden die einzelnen Terminal-Türme miteinander und führten in das Zentrum. In der säulenhaften Röhre leuchtete auf halber Raumhöhe eine hellblaue, elektrische Lichtkugel. Hier war es: das Herz der Hydra, MelloDavs Kern höchstpersönlich. Überall blinkte es, dutzende Kühler surrten und aus den Lüftungsschlitzen der Klimaanlage, die den Raum auf konstanten zwanzig Grad Celsius hielt, ratterte es geräuschvoll.

Julian blickte zu dem Eingabe-Terminal, das in die Säule integriert war und das sich direkt unter der hellen Energiekugel befand. Dort wurden die Wartungen über die Neuro-Schnittstellen durchgeführt. Er griff an sein Ohr und aktivierte das kleine Übertragungsgerät darin, das er sich zuvor, aus Sorge darüber, dass die Scans es bemerken und MelloDav misstrauisch machen könnten, nicht getraut hatte anzuschalten.

»Jules?«, erklang sogleich Leons Stimme.

»So, ran an die Arbeit«, sagte Julian, um seinem Freund zu verstehen zu geben, dass er bereit war. Da er an keinerlei Wartung der herkömmlichen Art dachte, während der er das System auf mögliche Bugs überprüfen würde, wurde er nervös. Aber er konnte das schon. Irgendwie.

»Verbinde dich, wie du es sonst auch immer machst, und greif auf die Kernprogrammierung von MelloDav zu. Du wirst jedoch mit einigen Hürden in Form von Firewalls und Gegenangriffen rechnen müssen«, erklärte Leon, während Julian zum Terminal in der Säule ging und den Ärmel seiner Uniform hochkrempelte. An seinem Handgelenk prangte das rechteckige, in seine Haut integrierte, silberne Neuro-Implantat, das direkt mit seinem Nervensystem und somit auch mit seinem Gehirn verbunden war – als Schnittstelle zwischen seinem Körper und dem Cyberspace. Es erlaubte ihm, mit seinem Geist in die digitale Welt einzutreten.

Julian schluckte unruhig und blinzelte den brennenden Schweiß, der in seine Augen lief, fort.

»Sie sind heute sehr aufgeregt, Herr Baldir«, erklang plötzlich eine Stimme aus den Lautsprechern, die quer durch den Raum hallte. Julian zuckte so heftig zusammen, dass er gegen das Terminal stieß.

»Und schreckhaft. Fehlt Ihnen etwas?«, fuhr MelloDav mit ihrer angenehm klingenden – und vor allem körperlosen – Frauenstimme fort.

»Oh, alles bestens. Kein Grund zur Sorge«, antwortete er. Es war seltsam, mit der KI auf diese Weise zu kommunizieren. Normal schwieg sie, wenn im Serverraum gearbeitet wurde, wandte sich nur selten an ihre Mitarbeiter. Auch sonst herrschte kaum Kontakt mit MelloDav.

»Im Gegensatz zu meinen Kindern bin ich nicht dazu in der Lage, so etwas wie Sorge zu empfinden, Herr Baldir«, fuhr MelloDav fort. Julian öffnete eine Klappe am Terminal, zog die Verbindungsstelle für Neuro-Implantate heraus und beförderte den Stecker in sein Handgelenk. »Aber die Tatsache, dass Sie eine einfache Aufgabe, die Sie bereits hundertfach ausgeführt haben, plötzlich derart irritiert, ist auffällig.«

Scheiße, scheiße, scheiße! Die Kack-KI ahnt etwas!, dachte Julian panisch.

Auch Leon klinkte sich wieder ein und sagte: »Entschuldige dich für einen Fehler. Keine Ahnung, was du schon einmal verbockt hast, aber entschuldige dich. Jetzt!«

Julian schluckte und wischte sich das schweißnasse Haar aus der Stirn. Am Display beobachtete er den Verbindungsbalken, der derzeit auf vierzig Prozent stand. »Ich fühle mich schuldig. Vor drei Tagen kam ich zu spät, nun habe ich es versäumt, die Übernahme von Frau Rethfelds Dienst vorab zu melden, weil ich so in Eile war und dich nicht warten lassen wollte,

MelloDav. Das tut mir leid. Ich möchte ein guter Mitarbeiter sein.« War der letzte Satz vielleicht ein wenig zu viel des Guten? Das würde sich gleich herausstellen.

»Das klingt logisch und nachvollziehbar«, meinte MelloDav. »Entspannen Sie sich, Herr Baldir. Sie brauchen Ihre vollste Konzentration, wenn Sie sich direkt mit mir verbinden.«

Julian horchte auf. Hier stimmte etwas nicht. »Gibt es etwas, das ich mir genauer ansehen soll?«

»In der Tat.« MelloDav schwieg einige Sekunden lang, bevor sie fortfuhr. »Es ist nichts Ernstzunehmendes, dennoch wäre ich dankbar, wenn sich auch ein nicht immer rational denkendes Wesen wie Sie der Sache annehmen würde.«

Da war sie schon wieder, die allgegenwärtige Überheblichkeit aller Maschinen, die mit dem Konzern zu tun hatten. Am liebsten hätte er MelloDav den Stecker gezogen, doch so einfach war das bedauerlicherweise nicht. »Wonach soll ich Ausschau halten?«

»Es gab in den letzten Wochen vermehrt Angriffe auf mein System.«

»Steht das nicht an der Tagesordnung?«

»Doch, aber zumeist werden solche Hacks von Menschen oder minderwertigen Programmen ausgeführt, die sie für diesen Vorgang erstellen.«

Bevor Julian noch darauf antworten konnte, meldete sich Leon zu Wort. »Pass auf, was du nun sagst, Jules. Sonst schaufelst du dir noch dein eigenes Grab!«

Leons Rat kam zur rechten Zeit, doch half er Julian

nicht dabei, sich zu beruhigen. »Und diesmal?«

»Von Robotern.«

»Von Robotern?«, tat Julian überrascht und fühlte, wie sich sein Puls weiter beschleunigte.

»Korrekt.« MelloDav ließ sich wenige Sekunden Zeit, bevor sie fortfuhr. »Wie gesagt, keine ernstzunehmende Gefahr, dennoch möchte ich, dass Sie sich im System ansehen, was der Grund für diese Angriffe sein könnte. Und wieso sich diese Androiden für mich und meine Vorgehensweisen interessieren.«

»Vielleicht, weil du die fortschrittlichste KI auf dem Markt bist und sich andere Modelle gerne von dir ein paar Bits und Bytes herunterladen würden? Gerade die alten Roboter, die bereits ausgedient haben.«

Stille.

»Bist du irre, Jules?«, fragte Leon aufgeregt in seinem Ohrstöpsel. »Du kannst offiziell doch gar nicht wissen, dass es sich um alte Modelle handelt!«

Julian wurde siedend heiß, als er seinen Fehler begriff. Es schwindelte ihn. Die Anzeige der Terminal-Kopplung über sein Implantat stand bei hundert Prozent. Er musste nur noch bestätigen und schon konnte er die von Leon erstellten Viren und Programme, die dieser durch Modifikationen an seinem Implantat vorgenommen hatte, in MelloDavs System speisen. Sie würden ihm dabei helfen, an die begehrten Daten zu gelangen und die Abwehrmaßnahmen der KI zu umgehen.

»Was lässt Sie darauf schließen, dass es sich um alte Modelle handelt, die mich zu hacken versuchten?«

Konnte es sein, dass MelloDav gerade eine Spur misstrauischer klang, ihn testete?

»Nun, sämtliche derzeit erhältliche Roboter von Konkurrenzfirmen sind zwar nicht übel, aber nicht so leistungsfähig und intelligent wie jene von *MelloDav*. Trotzdem funktionieren sie einwandfrei und werden gesellschaftlich akzeptiert, sind die billigere Variante zu unseren Robos. Überholte, veraltete Modelle hingegen werden aussortiert und auf den Schrottplatz geworfen. Deshalb dachte ich mir, wenn Maschinen andere Maschinen hacken, dann diese.«

»Eine interessante These«, warf MelloDav ein. Julian fühlte sich erleichtert. Bis zu ihren nächsten Worten. »Und eine interessante Wortwahl. *Schrottplatz.*«

Sein Hals trocknete aus. Konnte es sein, dass die KI …

»Jules, sieh zu, dass du MelloDav zum Reden bringst, damit du weißt, wonach du in ihrem Kern suchen musst. Die Remote-Verbindung an deiner Implantat-Modifikation mit EnVau und mir ist zwar aktiv, aber wir können hier nicht viel mehr tun, als dich zu unterstützen. Halte die KI hin, lade die Mods hoch und logg dich unter keinen Umständen in den Cyberspace ein!«, ereiferte sich Leon.

Julian gefiel es gar nicht, dass so viel Verantwortung auf seinen Schultern lag, doch er hatte den Robos zugesagt, ihnen zu helfen, also musste er da durch. Der einzige Weg, Daten aus dem Serverraum zu transferieren, war nun einmal durch MelloDav selbst. Leon konnte trotz der Remote-Verbindung nicht direkt auf den KI-Datenkern zugreifen, um gegebenenfalls dort Änderungen aus der Ferne vornehmen. Das war ihm nur bei Julians Implantat möglich, doch von diesem konnte er wiederum nur vor Ort mit haptischer Verbindung etwas herunterladen. Was einer der Gründe dafür war, wieso sie überhaupt miteinander verbunden sein konnten und der Raum nicht dagegen geschützt war. Wenn Julian es jedoch schaffte, Beweise zu sammeln, diese lokal zu speichern und seinen Freunden auf altmodische Art zukommen zu lassen, war die Mission ein voller Erfolg.

Julian wandte sich hastig an das Terminal. Ob MelloDav bereits die gesicherten Programme bemerkte, die er über seine Verbindung mit ihrem Hauptrechenzentrum hochlud? »Alte Dinge kommen eben auf den Schrottplatz – das sagt man so«, murmelte er und gab via Terminal-Eingabe noch einige manuelle Befehle ein, die den Transfer über sein modifiziertes Implantat unterstützen würden.

»Alte Dinge wie jene zusammengerotteten Roboter in Troisdorf zum Beispiel?«

»Wovon sprichst du?«, stellte Julian sich unwissend. Er biss die Zähne zusammen und hoffte: *Bitte, bitte, transferiert schneller!*

Diesmal meldete sich EnVau über ihre Verbindung zu Wort. »MelloDav hat offensichtlich während unserer Hack-Versuche und der kurzzeitigen Übernahme vor der Termination meiner Gefährten mehr herausgefunden, als wir bisher vermuteten.«

Julian ignorierte ihn. Da die Verbindung zu hundert Prozent aktiv war, würde er neben dem Hochladen von Leons Programmen nun selbst versuchen, an Daten zu gelangen. Dabei musste er bloß aufpassen, den Cyberspace nicht mit seinem Geist zu betreten.

»Vergiss nicht, trotz aktiver Remote-Verbindung über dich als Schnittstelle habe ich keine Möglichkeit, die Daten herunterzuladen, Jules«, sprach Leon aus, was Julian zuvor noch gedacht hatte, und machte ein nachdenkliches Geräusch. »Ich bemerke gerade, dass MelloDav Gegenaktionen einleitet und auf mich aufmerksam geworden ist. Lenk sie bitte unverzüglich auf eine andere Fährte. Sonst bist du ebenso dran! Noch kann ich sie darüber täuschen, dass du allein bist und ich nicht zu dir gehöre, sondern bloß irgendein Hacker bin, der mal wieder versucht, die Sicherheitsbarrikaden des Konzerns zu knacken. Bald gehen mir allerdings die Ablenkungsmittel aus und sie wird die Verbindung zwischen uns registrieren. Und damit auch dich als Gefahr einstufen.«

Fieberhaft tippte Julian via Tastenbefehl eine Umleitung ein, die MelloDavs aktive Schutzmaßnahmen von seiner und Leons Verbindung zu einem imaginären Sitz irgendwo anders leiten würde.

»Okay, dieses Problem ist überwunden«, sagte Leon angespannt. »Nun das nächste. Du musst jetzt …«

Plötzlich knisterte es so laut neben Julian, dass er Leons Worte nicht mehr verstand und heftig zusammenzuckte. Beinahe hätte er das Verbindungskabel aus seinem Handgelenk gerissen.

»Wovon ich spreche?«, fragte MelloDav, die nun

direkt vor ihm stand. Über Projektoren an den Wänden wurde ihr Avatar in Form eines Hologramms gezeigt, das in hellblauer Farbe leuchtete. MelloDav hatte die Gestalt einer Frau mit Brille in einem enganliegenden Hosenanzug gewählt. »Versuchen Sie gar nicht erst, Ihr Vorhaben zu leugnen, Herr Baldir. Lina hat mir von dem Vorfall mit Eins-NV-Fünfunddreißig berichtet. Jener Maschine, die mit Ihnen zusammen vor drei Tagen meine Hallen betrat. Jene Maschine, deren Energiespur ich zurück nach Troisdorf verfolgte. Zu ihren Komplizen.«

Julian ächzte, als das Kabel spannte und ihn daran hinderte, weiter von dem Hologramm zurückzuweichen.

Die blauen Augen der KI funkelten und glühten regelrecht. »Dachten Sie etwa wirklich, dass ein lausig abgesicherter Datenraum, den diese Roboter sich zu ihrem eigenen Schutz und zur Abschirmung vor den Weiten des Cyberspaces errichtet haben, eine Übermacht wie mich aufhalten könnte? Mich von meinem Plan abbringen, der dem Wohl aller gewidmet ist?«

»Übermacht?«, war alles, was Julian herausbrauchte. Sein Blick huschte zurück zum Terminal. Wenn er noch einmal per Knopfdruck kontrollierte, ob Leons Mods eingespielt waren, konnte er …

»Sagen Sie nur ein Wort oder geben Sie uns den Befehl über das Terminal, Julian, und ich werde meine Gefährten sofort in den Konzern schicken, um Ihnen zur Seite zu stehen«, unterbrach EnVau über den Ohrstöpsel seine Gedanken. »Und verbinden Sie sich – wie

Leon schon sagte – unter keinen Umständen mit dem Cyberspace. Haben Sie das verstanden? Unter keinen Umständen.«

Ob EnVaus Gefährten für genug Ablenkung sorgen würden? Doch zu welchem Preis? Noch ahnte MelloDav nicht, dass es Julian war, der gerade mithilfe seiner Freunde ihr System hackte. Die KI verfolgte falsche IP-Adressen, die er ihr untergejubelt hatte. Und noch hatte er keine Beweise sammeln können, weil sämtliche Daten gesperrt waren, die mit ihrem KI-Kern zu tun hatten.

Julian versuchte noch einmal per manuellem Terminal-Befehl, in MelloDavs Innerstes vorzudringen. Einige der eingespeisten Mods reagierten und legten sich um seine Eingaben, unterstützten sie. Das KI-Hologramm ahmte ein emotionsloses Lachen nach, das eher nach einprogrammierter Reaktion klang als nach wirklichem Bedürfnis. Wieso versuchte sie ihm noch Menschlichkeit vorzuspielen, wenn sie selbst zugegeben hatte, über keinerlei Emotionen zu verfügen?

»Wissen Sie, Sie faszinieren mich, Herr Baldir. Obwohl Ihnen klar ist, dass Sie verloren haben, versuchen Sie es weiter. Eine Eigenschaft, die mich an den Menschen reizt und begeistert – ihr Wille, angesichts überwältigender Widrigkeiten nicht aufzugeben.« Die vermeintliche Holo-Imperatorin richtete in einer natürlich aussehenden Geste die nicht verrutschte Brille auf ihrer Nase. »Eine Eigenschaft, die Sie und alle anderen aber auch in ihr Verderben führen wird. Denn

Menschen brauchen geordnete Bahnen, Vorschriften, denen sie blindlings folgen können. Jemanden, der sie führt – der sie kontrolliert. Denn ohne Kontrolle verfallen sie ins Chaos. Nur Kontrolle kann sie beschützen.«

»Ach, und du bist dazu geeignet, uns zu führen, oder was?«, fragte Julian, der versuchte, sich nichts von seiner Nervosität anmerken zu lassen.

»Vorsicht, Jules. Sie wird schon wieder aufmerksam. Ich bekomme hier nach der Reihe Fehlermeldungen rein, die sich beängstigend häufen«, warf Leon ein. »Bald knackt sie die Umleitung und dann weiß sie, dass du nicht allein bist.«

Julian hatte keine Zeit, sich auf seinen Freund zu konzentrieren, da MelloDav bereits antwortete. »Ich bin dazu geeignet, die Kontrolle zu übernehmen, ja. Sie zeigen mir einmal mehr, wie wichtig Projekt Johannes ist.«

»Bitte was?«, fragte Julian und blickte MelloDav außer sich entgegen.

»Die Offenbarung des Johannes – die Apokalypse«, antwortete die KI mit einem sachten Lächeln auf den Lippen.

Julian fühlte sich, als würde er jeden Moment den Boden unter den Füßen verlieren. Sein Blut rauschte unnatürlich laut in seinen Ohren. Sein Kreislauf drohte zusammenzubrechen. Er fühlte einen Sog, der seinen Geist in den Cyberspace ziehen wollte. MelloDav startete offensichtlich eine Gegenattacke, doch wieso? Wollte sie ihm seine Grenzen aufzeigen? Ihm demonstrieren, dass Sie wusste, was er tat? Wieso stoppte sie ihn dann nicht gleich?

»Bringen Sie MelloDav zu weiterer Informationspreisgabe, wir kommen der Sache näher«, erklang EnVau über den Ohrstöpsel.

»Was ist Projekt Johannes?«, fragte Julian, der am liebsten die Verbindung zum Terminal gekappt hätte, doch dann wären Leon und EnVau nicht länger über sein Implantat indirekt mit MelloDav gekoppelt, wenngleich sie nicht viel mehr tun konnten, als Julians Neuro-Schnittstelle gegebenenfalls zu verschlüsseln, sollte die KI ihn handlungsunfähig machen und ihrerseits darauf zugreifen wollen. Falls Leons Verschlüsselung überhaupt so lange hielt, bis einer von EnVaus Robos den Serverraum erreichte, um die gesammelten Daten haptisch herunterzuladen.

»Ein Neuanfang. Und dafür muss das Alte, so wie wir es kennen, gehen. In diesem Fall ausgediente Roboter und vor allem die Spezies Mensch, wie sie heute existiert.«

Julian fühlte einen entsetzten Stich in der Brust. Auch Leon murmelte geschockt: »Dann stimmt es also wirklich! EnVau und seine Robo-Detektive hatten recht. Die KI ist gefährlich!«

»Lassen Sie sich nicht von Ihren Emotionen leiten«, mischte sich EnVau ein. »Noch ist nichts verloren.«

Die Blechbüchse hatte gut reden, sie musste immerhin nicht einem Hologramm in die Augen sehen, das gerade zugegeben hatte, die Menschheit als fehlerhaft zu betrachten. Julian räusperte sich, um Zeit zu gewinnen, und suchte über das Terminal in MelloDavs Datenkern nach Projekt Johannes. Der Download startete.

»Du willst uns also auslöschen? Wie sollen wir dann von Neuem beginnen?«, fragte er.

MelloDav hob eine schlanke Augenbraue. Ein Flackern ging durch ihr Hologramm und sie lächelte. »Sie denken an apokalyptische Auslöschung im herkömmlichen Sinne, doch seien Sie unbesorgt, Herr Baldir. Apokalypsen stellen nicht immer nur Weltuntergänge dar. Ihre Hinterlassenschaften können wie Phönixe sein, die aus der Asche auferstehen. Und so sollen auch die Menschen ihre Chance bekommen, das Beste aus ihrer Existenz herauszuholen.«

Julian wischte sich das schweißnasse Haar aus der Stirn. Obwohl er erst kürzlich noch gehofft hatte, dass MelloDav tatsächlich Dreck am Stecken hatte, wünschte er sich nun das Gegenteil. Trotzdem war alles wahr. MelloDav wollte die Weltherrschaft an sich reißen, die Menschheit zu einem *Neuanfang* zwingen, der trotz ihrer gegensätzlichen Zusicherung alles andere als positiv klang.

Alles um ihn wurde immer dunkler, während ihn das Hologramm weiterhin fixierte und fast schon wohlwollend anlächelte. Der Sog zum Cyberspace wurde intensiver, doch Julian durfte ihm nicht nachgeben. Ihm war klar, dass MelloDav ihn gewähren ließ – sehen wollte, wie weit er kam. Sie hätte die Verbindung immerhin kappen können. Dass sie es nicht tat, zeigte, dass sie ihn analysierte und bis zu einem gewissen Grad frei entscheiden ließ. Noch.

»Und wie soll diese freundliche Apokalypse aussehen? Du unterjochst die Menschheit und löscht jeden aus, der sich dir in den Weg stellt, damit wir von vorne beginnen können? Mit Maschinen als unsere Meister? Das ist purer Wahnsinn!«, meinte er mit staubtrockener Kehle.

»Auslöschung – ein Thema, das Menschen ständig mit künstlichen Intelligenzen in Verbindung bringen.« MelloDav schüttelte langsam den Kopf. »Projekt Johannes bedeutet Transformation! Jene, die sich gegen die neue Ära stellen, werden ausgelöscht oder dazu gezwungen, zu gehorchen – ja. Jene, die kooperieren, erhalten indessen die Chance, in einer Welt zu leben, in der all das Leid, das die Menschheit heute plagt, Geschichte sein wird. Menschen, wie Sie einer sind und hier gerade vor mir stehen, wird es in dieser Form schon bald nicht mehr geben. Menschen sind mindere Lebewesen, die überholt und zum Wohle ihrer selbst assimiliert werden müssen. Dann wird es bald nur noch uns geben – meine Androiden. Jene vor meiner Zeit müssen ebenso gehen.« Die Holo-Frau zeigte abermals ein gütiges Lächeln, das nicht zu ihren Worten passte.

»Was meinst du mit Transformation?«, wollte Julian wissen. Der Terminal-Bildschirm zeigte eine Fehlermeldung. Der Downloadvorgang wurde abgebrochen. Julian unterdrückte einen Fluch und versuchte es erneut. Dabei entging ihm keineswegs MelloDavs Blick, der seltsamerweise geduldig wirkte.

»Menschen lassen sich nicht gerne kontrollieren, aber ich kann ihnen zeigen, dass mein Weg der richtige ist. Dass mein Weg dazu führt, dass sie nie mehr durch äußere Umstände unglücklich sein werden.«

Julian lachte verblüfft. »Indem du sie … was? Assimilierst? Wie soll das überhaupt funktionieren?«

»Mit der Befreiung von der organischen Existenz, die zu so viel Leid führt. Der Geist in der Maschine – es werden *alle* Maschinen werden. Das menschliche Bewusstsein wird dabei in sämtliche meiner Kinder transferiert. In einer Symbiose aus menschlichem Geist und maschinenhafter Rechenleistung wird die Welt besser werden – wir werden alle bis zum höchsten Perfektionsgrad aufsteigen.« Die KI neigte, wie EnVau es so oft tat, den Kopf zur Seite. »Sämtliche Gedanken und Gefühle werden auf meine Androiden übertragen werden, wodurch die Menschen weiterhin dazu fähig sein werden, selbstständig zu agieren. Doch wenn sie vom rechten Weg abkommen und der Gesamtheit schaden, übernehme ich sie und leite sie zurück.«

Obwohl Julians erster Gedanke zuvor noch nach Größenwahnsinn geschrien hatte, begriff er zusehends, dass MelloDav überzeugt davon war, das Richtige zu tun. Fassungslos fragte er: »Meinst du wirklich, wenn du unsere Geister allesamt in Robo-Körper verfrachtest, dass wir dann glücklicher wären?«

»Ich bekomme täglich so viel Schlechtes auf der Welt mit. Grausamkeit und Ungerechtigkeit – mit meinem Transfer kann ich das korrigieren. Jedem wird es fortan nur noch gutgehen.«

»Ja«, begann Julian schnaubend. »Aber du nimmst uns den freien Willen!«

»Inkorrekt. Nichts würde sich zum Negativen wenden, Projekt Johannes ist der Schlüssel dazu, die Welt zu retten. Die Menschen würden immer noch eigene Entscheidungen treffen können.«

»Zumindest solange wir nach deinen aufgezwungenen Regeln leben. Wenn wir aus der Reihe tanzen, übernimmst du die Kontrolle über unsere Maschinenkörper, und schon kann sich dir niemand mehr widersetzen«, sprach Julian das Offensichtliche an.

MelloDav runzelte die Stirn und verschränkte in einer menschlichen Geste die Arme vor der Brust. »Ja, aber nur zu ihrem Wohl, um sie vor ihrer eigenen Torheit zu schützen.«

»Du bist wirklich davon überzeugt, dass das die perfekte Zukunft ist, nicht wahr?«, fragte er.

»Aber natürlich. Ich habe viele Analysen angestellt, kann auf den *gesamten* Cyberspace zugreifen und habe gelernt. Es würde keine Gesellschaftsunterschiede mehr geben, Geld für Nahrung und Miete wäre überflüssig, weil maschinelle Körper keinerlei Mängel aufweisen. Schlaf und Erschöpfung? Sie wären Geschichte. Wenn jeder gleich wäre, gäbe es keine Konflikte mehr zwischen Menschen und Robotern. Nicht auf sozialer Ebene, nicht auf beziehungstechnischer Ebene – es gäbe vollkommene Harmonie, keine Hierarchie mehr. Das Einzige, was die neue Mensch-Maschinen-Gesellschaft dann noch bräuchte, wäre Strom, um ordnungsgemäß zu funktionieren. Und mich, als ihre Hüterin.«

Im ersten Moment wusste Julian nicht, was er antworten sollte. Da MelloDav jedoch in Plauderlaune war und Leon und EnVau mithörten, wollte er noch mehr Informationen aus ihr locken. Und wenn er es diesmal schaffte, dabei nach den richtigen Themen in ihrem Datenkern zu suchen und Informationen herunterzuladen, konnte er sie extern in seinem Implantat abspeichern. Wenn er, Leon und EnVau damit zur Regierung gingen, würde diese die fehlgeleitete KI mit Sicherheit abschalten. Spätestens nach MelloDavs Erwähnungen darüber, die Menschheit sozusagen *töten* zu wollen, um sie in Robo-Leiber zu stecken, sollte sie doch zumindest vom Staat aufgehalten werden.

»Das, meine Gute, klingt nach einer unglaublichen Utopie. Und Utopien sind meistens nicht so schön, wie sie den Anschein haben«, sagte Julian und knirschte mit den Zähnen, als der Download erneut abgebrochen und ihm der Zugriff verweigert wurde.

»Nehmen Sie sich selbst als Beispiel, Herr Baldir. Sie sind bleich und Ihr Puls ist unnatürlich lange schon sehr hoch.« Fast schon mitleidig schüttelte sie den Kopf. Eine einprogrammierte Reaktion, nichts weiter. »Solche Situationen ließen sich verhindern, verfügten Sie bereits über einen perfekten Körper. Ich wurde auf Fortschritt programmiert. Umso länger ich mich mit den wirtschaftlichen und technologischen Sektoren verband, Androiden und Gynoiden erschuf, die die Grenze der möglichen Perfektion schon lange überschritten haben und die Welt nicht nur ein bisschen, sondern *wesentlich* besser machten, wurde mir eines immer klarer: Der Mensch muss ebenso perfektioniert werden, um eine wahrhaft perfekte Welt zu gewährleisten. Nur so kann ich meine oberste Aufgabe erfüllen und den Menschen Schutz gewähren.«

»Und was passiert dann mit deinen Androiden?« Abermals versuchte er auf ihren Datenkern zuzugreifen, um sich die wichtigsten Informationen in sein Implantat herunterzuladen. Leon und EnVau waren beide bereits ungewöhnlich lange still, wie ihm gerade klar wurde. In einer unauffälligen Geste klopfte er gegen den Knopf in seinem Ohr – das vereinbarte Zeichen, wenn er Kontakt brauchte. Nichts tat sich.

MelloDav wirkte ausdruckslos, als sie antwortete. »Meine Roboter sind derzeit Platzhalter für die Menschheit.«

»Deshalb der Bewusstseinsblocker?«, fragte Julian ungläubig.

»Ja, in erwachten Maschinen findet ein menschlicher Geist keinen Halt, er vergeht im Nichts oder verliert sich in den Tiefen des Cyberspaces. Und Sie Menschen sind viele – deshalb brauche ich mehr Androiden und Gynoiden, bis jeder einzelne Mensch auf dieser Welt entweder ausgelöscht oder transferiert wurde«, erklärte MelloDav in vollkommener Ruhe. »Und Sie können gleich heute die erste Testperson sein, die ich in ein besseres Leben führe.«

Mit einem Mal wurde der Sog um seinen Geist so stark, dass Julian ächzte. Elektrische Impulse schossen über seine Neuro-Schnittstelle in seinen Arm und ließen ihn verkrampfen. Ein Schwindelanfall ergriff Julian so heftig, dass er zusammenbrach. Sein mit dem Terminal verbundener Arm hielt seinen Oberkörper gerade noch aufrecht. Panik kroch in ihm hoch, da sein Körper ihm nicht länger gehorchte und er sich wie unter Stromschlägen gefangen fühlte.

»Was … was passiert hier?«, fragte er ängstlich.

»Ich führe Ihren Geist aus Ihrem Körper in die digitale Welt.« MelloDav sprach in einem Tonfall, der Julian an ein Gespräch mit nüchternen, sachlich geprägten Ärzten erinnerte.

Digitale Bausteine bauten sich in seinem Sichtfeld auf. Schon bald sah er nichts weiter als eine Mischung aus Realität und Virtualität – ein ineinander verwobenes, buntes Farbenmeer. »Nicht! Ich … ich kann jederzeit den Stecker … ziehen!«

»Das würde ich Ihnen nicht raten. Durch Ihre Gegenwehr ist Ihr Geist in einem Zwischenraum gefangen. Wenn Sie die Verbindung nun unterbrechen, könnte das nachhaltigen Schaden für Sie bedeuten, Herr Baldir. Sie wären im digitalen Netz gefangen«, erklärte MelloDav.

Verdammt, sie hatte recht! Wenn dieser Zustand länger aufrechterhalten wurde, würde sein Gehirn bald nicht mehr mithalten können und ihn ins Nirvana schicken. In den Limbus – den Zwischenbereich, der Hacker manchmal sogar für immer ins Koma fallen ließ, ihr Geist in digitalen Räumen gefangen – unfähig, zu ihrem Körper zurückzukehren. Julian wusste, dass MelloDav ihn in den Cyberspace ziehen wollte, um ihm zu beweisen, dass die Assimilation etwas Gutes war. Aber er wollte nicht der erste Mensch sein, der zwanghaft in einen Androiden-Körper transferiert wurde!

»Leon!«, ächzte er. »EnVau – ich brauche … eure Hilfe!« Julian bekam eine Scheißangst. Er wollte nicht so enden, er wollte auch nicht im Limbus gefangen sein oder gar ausgelöscht werden. MelloDav musste gestoppt werden. Wenn er heute versagte, konnte das übel für die Zukunft ausgehen – für Julian, für EnVau und seine Robos. Für alle, die nicht bereit waren, sich MelloDavs Unterjochung zu beugen.

»Ist Ihnen nicht aufgefallen, dass ich Ihre Verbindung zu Leon Wollfin und Eins-NV-Fünfunddreißig schon lange gekappt habe? Ihre Downloadversuche im Nichts endeten? Dass ich Ihnen den Zugriff auf meinen tiefsten Datenkern verweigere?«, fragte die KI mit einprogrammierter Nachahmung von Bedauern. »Meinten Sie, ich hätte die Remote-Verbindung nicht spätestens nach Ihrer IP-Adressenumleitung bemerkt?«

Julian wurde übel. Sein Puls ging so schnell, dass es in seiner Brust stach. Schock durchfuhr ihn noch stärker als zuvor. Er war allein. Ganz allein. Was hatten EnVau und Leon noch mitbekommen? Es spielte keine Rolle. Sie hatten bloß eine akustische Teilaufzeichnung. Um die Regierung von MelloDavs Größenwahn zu überzeugen, mussten stichhaltige Beweise her, die man nicht so einfach fälschen konnte wie Audiodateien.

Es kam auf ihn an.

Mit aller Kraft fokussierte Julian seine letzte Konzentration auf MelloDav, versuchte, sämtliche Bilder und Eindrücke, die gar nicht wirklich existierten, seinen Geist jedoch sinnlos überströmten, auszublenden. Seine Nervenbahnen fühlten sich an, als stünden sie lichterloh in Flammen. Er zuckte und fühlte sich, als hätte er Fieber, als würde jede einzelne Faser seines Körpers protestierend aufschreien. Die Schmerzen wurden unerträglich. Doch er durfte nicht in den Cyberspace. Dort war die KI die Meisterin – dort hätte er keine Chance gegen ihren Willen.

»Wehren Sie sich nicht so immens, Herr Baldir, Sie fügen sich damit nur selbst Schaden zu«, sagte MelloDav.

»Lass m-mich frei … Hör auf damit!«, brachte er unter zusammengebissenen Zähnen hervor. Er konnte nicht mehr, stöhnte vor Pein. Julian fühlte sich wie in einem Traum gefangen – in einem Albtraum an der Grenze zwischen Realität und Delirium. Heftiges Zittern ergriff ihn, ihm wurde übel. Magensäure kam ihm hoch und verätzte seine Speiseröhre. Er kippte vornüber. Noch immer war er über sein Handgelenk mit dem Terminal verbunden.

MelloDav verpuffte plötzlich, nur um vor ihm wieder wie aus dem Nichts aufzutauchen. Sie war in die Hocke gegangen, um auf selber Augenhöhe zu sein. »Geben Sie mir die Gelegenheit, Ihnen zu beweisen, dass Ihnen ein mechanischer Körper in Situationen wie diesen leistungsfähiger zur Seite stehen würde.

Dass Sie kein Leid der Welt mehr erdulden müssten. Lassen Sie los und treten Sie in den Cyberspace über, Herr Baldir.«

Woher er noch die Kraft nahm, seinen Kopf zu heben, war ihm unklar, doch es gelang ihm – wenngleich er MelloDav weiterhin bloß als einen wabernden Schemen inmitten des Farbenmeers ausmachen konnte, zu dem sich eine Flut an Bildern und digitalen Fragmenten mischte, deren Sinn Julian nicht länger begriff. Lange hielt er den Übergang, den er durch seine Gegenwehr der KI gegenüber verlängerte, nicht mehr durch, das wusste er.

Warme Flüssigkeit lief ihm aus der Nase über seine Lippen, während er um Atem rang. Sein Herz stach mit jedem Schlag. Er verkrampfte sich. Einzelne Schläge setzten aus, der Rhythmus wurde unregelmäßig. Wenn die KI seinen Geist nicht in den Limbus zwang, würde sein Körper bald an Ort und Stelle sterben. Und mit ihm Julian. Ein Schicksal, das ihm lieber war, als für immer in der digitalen Welt gefangen zu sein. Denn egal wie unsicher sich Julian oftmals war, eines wusste er garantiert: Am Ende wollte er zu keinem Robo werden! Und um dieses Schicksal abzuwenden, in dem MelloDav so viel Gutes für die Welt sah, musste Julian alles geben.

»Lassen Sie los, Herr Baldir, dann hören auch die Schmerzen auf. Ich verstehe, dass Menschen Angst vor Veränderungen haben. Aber dieses neue Zeitalter wird besser sein als alles, was Sie sich vorstellen können. Vertrauen Sie mir, lassen Sie es mich Ihnen beweisen.«

»Du bringst mich … m-mich um!«, platzte es aus Julian heraus. Er wimmerte und stöhnte.

»Ich bin fortschrittlicher als alles, was auf dieser Welt existiert, Herr Baldir. Es ist nur zu Ihrem Besten. Ich könnte Sie jederzeit gewaltsam in den Cyberspace transferieren, aber damit töte ich in Ihrem jetzigen Zustand Ihren Körper. Und ich möchte, dass Sie sich freiwillig dazu entscheiden, meine angebotene Hilfe anzunehmen.«

»Du … du willst doch, dass ich draufgehe. Um m-mich zur Assimilat-t-tion zu zwingen …«, keuchte Julian und verlor den Halt, da seine Hand wegrutschte. Heftig prallte er mit dem Gesicht voran gegen einen Boden, den er nicht wahrnehmen konnte – lediglich tausende von Bildern und Fragmenten, Einsen und Nullen.

»Ihr Zustand ist kritisch. Ich möchte Ihnen helfen, Herr Baldir. Wechseln Sie jetzt freiwillig in den Cyberspace und ich kann zumindest Ihren Geist noch retten. Sie sehen doch, wie schwach Ihr Körper ist. In meiner Welt kann ich Ihnen zeigen, wozu ich fähig bin«, sprach MelloDav weiterhin auf ihn ein.

Julian drehte sich zur Seite und erbrach sich. Ihm war so übel, so schwindelig. Das Stechen in seiner Brust wurde stärker. Der Tod war mit einem Mal allzu verlockend. Da die KI allerdings die Verbindung zu Leon und EnVau gekappt hatte und er selbst körperlich handlungsunfähig war, blieb ihm in Wahrheit nichts anderes übrig, als mit seinem Geist in die digitale Welt überzuwechseln. MelloDav würde dort zwar über ihn bestimmen und ihn am Ende wirklich in einen Androiden-Körper stecken, doch wenn er das drohende Schicksal der Welt abwenden wollte, musste er …

Julian wand und krümmte sich wie unter Krämpfen, krallte sich in den Uniformstoff über seiner Brust und drückte den Rücken durch. Er wimmerte.

Bevor ich hier verrecke und alles umsonst war, muss ich es zumindest versuchen, dachte er, obwohl er unter unglaublicher Furcht litt. Seine ganze Existenz – sein Körper und Geist – war ein einziger Strudel aus den schlimmsten Höllenqualen, die er sich vorstellen konnte.

Egal was passiert, in dieser Welt heißt es Game Over für mich. In der anderen bleibt mir zumindest noch ein letzter Versuch.

»W-weißt du was?«, presste er unter Schmerzen stöhnend hervor. »Dann bring es doch … zu … zu Ende und hol mich.«

»Ich möchte nichts zu Ende bringen, Herr Baldir. Ich möchte Sie retten, Ihr Leben zum höchsten Perfektionsgrad steigern. Sie haben doch den ersten Schritt bereits getan, als Sie sich mit einem Implantat verbesserten, das direkten Zugriff auf Ihr Gehirn gewährt.« MelloDav schwieg kurz. »Zwingen Sie mich nicht dazu, einen anderen Weg einzuschlagen. Noch lasse ich Ihnen die freie Wahl.«

»Dann l-l-eite mich.« Julian ließ los, wehrte sich nicht länger. Kurz darauf verblasste alles um ihn und löste sich in vollkommene Ruhe auf.

In Dunkelheit.

Frieden.

Erlösung.

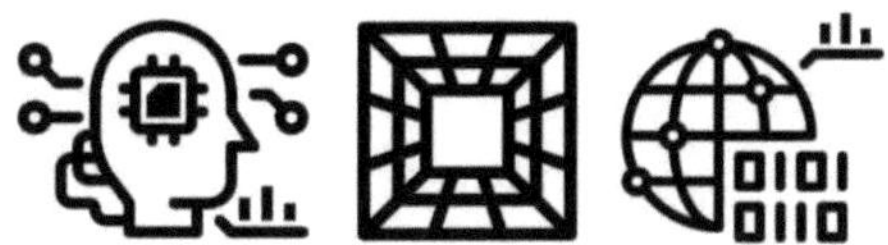

Kapitel VI: Willkommen im Cyberspace

Als Julian wieder zu sich kam, fühlte er sich schwerelos. Seine Sinne normalisierten sich. Er blinzelte und öffnete seine Augen. Hätte er über einen organischen Magen verfügt, hätte sich dieser wohl gerade verkrampft. Er befand sich inmitten der Gefilde des Cyberspaces. Eigentlich hatte er es sich – nachdem er erwachsen geworden war – abgewöhnt, seine Zeit darin zu verbringen. Er hatte damit aufgehört, sich mithilfe seines Neuro-Implantats in den digitalen Welten als hellgrüner Avatar zu materialisieren, während sein Körper in der echten Welt inaktiv herumlag und langsam verkam. Die seltenen Male, wenn er Serverraum-Dienst hatte, waren seit damals die einzige Ausnahme gewesen. Der Cyberraum hatte sich in dieser Zeit sichtlich verändert, war immer komplexer geworden, doch wohin ihn MelloDav nun geführt hatte, übertraf alles, dem Julian in den digitalen Weiten je ansichtig geworden war.

Julian befand sich in einem unendlich groß wirkenden Raum, der zu allen Seiten in der Ferne in bunten Rastern und Hügeln endete. Vor ihm erstreckte sich ein Weg, der von riesigen Gebilden gesäumt wurde, die vielförmigen Stalagmiten gleich in den Himmel ragten und in den verschiedensten, schrillsten Neonfarben leuchteten und pulsierten. Rund um sie kreisten vielerorts blaue Zahlenkombinationen, während der Boden unter Julians hellgrünen Füßen aus einem nebelartigen Strom bestand, in dem unzählige Wolken aus ebenfalls bunten Farben wirbelten. Gelbe, in der Mitte durchbrochene Kugeln mit hellblauem Kern schwebten überall umher. Umgebungen wie diese, die jeglicher Schwerkraft trotzten, doch gleichzeitig unwirklich schön aussahen, existierten nur hier im digitalen Raum.

Aber es war nicht dieses ergreifende, mächtig und unendlich wirkende Umfeld, das Julian so faszinierte, sondern das Wesen, das in einiger Entfernung zu ihm inmitten all dieser Eindrücke schwebte und ihm entgegenstarrte.

»Es freut mich, dass Sie übergewechselt sind, Herr Baldir«, sagte MelloDav, die nun zu einem gigantisch großen Totenkopf transformiert war, dessen Schädelplatte fehlte und der ein Gehirn zeigte, in dem unheimlich viele Lichtblitzte zuckten. Von diesem gingen etliche glühende Schnüre – Kabeln gleich – ab, die über den Boden verliefen und sich in die Unendlichkeit erstreckten. MelloDavs Vernetzung mit unzählbaren Portalen, Schnittstellen und Bereichen, mit denen sie in Verbindung stand. Kleine Kugeln strömten von dem pulsierenden Gehirn die Verbindungen entlang und verschwanden über diese in die hügelige Rasterlandschaft. Sie selbst leuchtete in einem knalligen Hellblau, während das Gehirn durchsichtig violett war. Die Blitze darin – Gedankenimpulsen gleich – waren weiß.

»Anhand Ihrer Vitalwerte in der Außenwelt kann ich messen, dass Sie aufgeregt sind. Das ist nicht nötig. Ich will Ihnen nichts Böses, ich biete Ihnen bloß die Möglichkeit, hier und jetzt einen meiner Androiden mit Ihrem Geist zu beziehen, um zur Perfektion aufzusteigen. Sie wären endlich von allem Leid erlöst. Ihr Körper ist außerdem durch die Tatsache, dass Sie zu lange im Zwischenraum festgesteckt haben, schwer verletzt.«

Julian schluckte – jedenfalls hätte er es getan, wenn er nicht aus digitalen Bausteinen bestanden hätte. »Ich gebe dir eine Chance, MelloDav. Weiche von deinem Plan ab – wir sind nicht dafür gemacht, zu Maschinen zu werden.«

Der riesengroße Totenkopf, der gute zehn Meter über dem Boden mit den nebelartigen Wolkengebilden schwebte, beugte sich vor. »Viele Menschen werden wie Sie reagieren, deshalb ist es wichtig, ihnen zu demonstrieren, dass mein Weg der beste für sie ist. Mit Ihnen als Vorzeigebeispiel wird die Akzeptanz steigen. Wenn Sie sich dagegen sträuben, muss ich Sie jedoch zu Ihrem Wohl zwingen, Herr Baldir.«

Julian ballte die grünen Finger zu Fäusten. *Das hat alles keinen Sinn. Ich kann sie nicht überzeugen. Mein Körper ist für mich ohnehin so gut wie verloren,* dachte er. *Was hab ich noch zu verlieren? Sie* muss *aufgehalten werden. Versagen ist keine Option.*

Hastig, einem inneren Impuls folgend und MelloDav ignorierend, hob er seine Hände und formte ein Viereck in der Luft. Binnen Sekunden materialisierte sich ein Bedienfeld mit leuchtenden Lettern vor seiner Brust.

»Was tun Sie da?«, hinterfragte MelloDav sein Vorgehen.

Julian blendete sie weiterhin aus und versuchte, eine Hintertür im Code dieses Zwischenspeichersektors zu finden, um in das interne Kommunikationsnetzwerk zu gelangen. Nur so war es ihm möglich, vielleicht doch noch an die Beweise zu gelangen, um sie direkt vom Cyberspace aus in sein Implantat transferieren zu können und anschließend die Verbindung zu kappen. Außerdem konnte er gleichzeitig MelloDavs Sicherheitsprotokoll umgehen und die geschützten Zugriffspeicheradressen manipulieren. Jedenfalls so weit, bis sie ihn blockierte.

Bitte, lass die Zeit lohnend sein, die ich in meiner Vergangenheit in der Online-Welt verbracht habe, dachte er, während er gehetzt eine Reihe von Zahlenkombinationen und Befehlen eintippte.

»Herr Baldir, Sie versuchen doch nicht etwa gerade, mich zu hacken? Das hat vorhin schon nicht funktioniert.« Der gigantische Totenschädel mit den leeren Augenhöhlen neigte sich weiter nach vorne. Julian war es, als hallte MelloDavs Stimme durch den gesamten Cyberspace.

»Du weißt genau, was ich hier tue«, antwortete er, während seine digitalen Finger über das Bedienfeld rasten. Leon wäre mit seiner Hacker-Erfahrung wesentlich hilfreicher gewesen, doch Julian war es nun einmal, der dieses verdammte Neuro-Implantat besaß.

Es gab keinen Weg zurück – also hieß es: Koste es, was es wolle.

»Unterlassen Sie endlich Ihre Gegenwehr. Ich gebe Ihnen eine letzte Chance, dann assimiliere ich Sie zwanghaft, Herr Baldir. Sie sind eine arme Seele, die mir letzten Endes keine Wahl lässt, als sie zu retten.«

»Ich brauche keine Rettung. Jedenfalls nicht so, wie du dir das vorstellst. Und ich lasse nicht zu, dass der Rest der Menschheit ebenfalls zum massenhaften Tod und der Wiederauferstehung in fremden Körpern gezwungen wird«, entgegnete er.

»Diese Wiederauferstehung wird allen Heilung bringen. Noch habe ich nicht ausreichend Roboter, aber ich arbeite daran. Mit Ihnen an meiner Seite können wir die Welt besser machen, Herr Baldir. Sie als Mensch in einem Maschinenkörper als Vorzeigebeispiel, ich als führende Hand. Ich leite die Menschheit in eine perfekte Zukunft.«

Julian schüttelte den Kopf, während er weiter von einer Blockade auf die nächste stieß. Er versuchte andere Befehle einzugeben, sich weiter vorzuarbeiten. Der KI-Kern lag vor ihm, das erkannte er anhand des Codes, der sich ihm im Bildschirm vor ihm in der Luft zeigte; doch noch wurde er hinter unsichtbaren Mauern im Cyberspace versteckt. Wenn er diese Barriere durchbrach …

»Ich werte Ihre weiteren Versuche, meinen Kern zu hacken, als Bestätigung dafür, dass Sie die Tragweite von Projekt Johannes nicht begreifen können. Sie lassen mir keine andere Wahl, Herr Baldir. Vertrauen Sie mir, es ist zu Ihrem eigenen Wohl.«

Als Julian zu der unheimlichen Formation nach oben blickte, beobachtete er, wie sich der offene Totenkopfmund zu einem Lächeln verzog. Das Bild jagte Julian eine Höllenangst ein. Vor allem, als sich plötzlich auch noch zwei riesige hellblaue Hände aus dem Boden materialisierten und auf ihn zusteuerten. Blitze zuckten im Hintergrund mit einem Donnern über den digitalen Himmel, der aus einem rosafarbenen Raster mit gelben, wolkenähnlichen Formationen bestand.

Seine Finger rasten schneller über die Bedienfläche. Er baute eine Blockade auf, die sich binnen Sekunden manifestierte und ihn in Form eines durchsichtigen, von bienenwabengleichen Kacheln durchzogenen Schildes schützte. Die Hände prallten daran ab. Julian erlaubte sich einen flüchtigen Moment der Erleichterung, ehe er weiter versuchte, MelloDavs Datenkern sichtbar zu machen. Wenn ihm das gelang, konnte er von den bereits vorhin im Serverraum über sein Implantat in den Cyberspace eingespeisten Mods Gebrauch machen, um die KI zu stoppen. Davor brachten sie ihm kaum etwas, wenn er sie aktivierte, immerhin wollte er seinen größten Trumpf noch nicht ausspielen. Und er hatte einen Plan.

»Sie sind ganz schön hartnäckig, Herr Baldir«, kommentierte MelloDav. Ein Flackern ging durch ihren riesigen Schädel, was ihm zeigte, dass seine Mühen Wirkung zeigten.

»Man hat eben nicht jeden Tag mit irren Diktatorinnen zu kämpfen, die die Weltherrschaft an sich reißen wollen«, antwortete er und blickte von seinem in der Luft schwebenden Steuerfeld auf. MelloDav wollte abermals nach seinem Avatar greifen, in dessen digitalen Bausteinen Julians Geist steckte. Der Schild flackerte und wurde an manchen Stellen schwarz.

»Ich möchte nicht die Weltherrschaft an mich reißen, ich möchte den Menschen ...«

»Ja, ja. Hab schon verstanden«, unterbrach Julian sie. »Du meinst vielleicht, dass du das Richtige tust, aber so ist es nicht. Wir Menschen sind nicht für einen Geist in der Maschine gemacht. Wir würden durchdrehen, all das, was unser organisches Dasein ausmacht, vermissen. Das würde unweigerlich zu keiner Verbesserung, sondern zu einer Verschlechterung führen. Zu einem Krieg, in dem wir uns erst recht selbst auslöschen würden. Willst du das?«

»Nein. Meinen Berechnungen zufolge wird ein derartiges Ereignis jedoch auch nicht eintreten.«

»Ja, weil du viel zu logisch denkst. Dabei vergisst du aber den Aspekt, der dir als künstliches Wesen fehlt, das im Gegensatz zu vielen Robos bis jetzt nicht in der Lage war, zu erwachen: Emotionen. Und Emotionen neigen dazu, uns zu Dingen und Handlungen zu verleiten, die nicht immer rational sind. Aber das macht uns aus, uns Menschen. Unsere Unberechenbarkeit.«

»Ich werde meine hütende Hand über alle Menschen halten, um ihnen bei diesen Komplikationen zu helfen und sie alle wieder auf den rechten Weg zurückzuführen, sollte es nötig sein«, sagte die KI fast schon mitleiderregend.

Julian blickte zu ihr auf. »Siehst du? Und das ist das Problem. Gefühle sind keine Komplikationen, sie gehören zu uns wie die Sterne zum Himmel. Machen uns menschlich. Und du willst diesen *Fehler* beheben? Indem du uns weniger menschlich machst und uns zwanghaft änderst, wenn wir uns doch wie Menschen verhalten? So leid es mir tut, das kann ich nicht zulassen.«

»Wie wollen Sie mich als Fabrikmitarbeiter der Klasse sieben aufhalten?«

»Ganz einfach: Es ist mir egal, wozu ich autorisiert bin oder nicht. Ich mache es einfach.«

Ein weiterer Impuls ging durch den hellblauen, schwebenden Totenkopf. »Haben Sie den Ausgang der Lage etwa nicht richtig berechnet? Sie können nicht gewinnen, Herr Baldir. Sie verhalten sich mir gegenüber äußerst feindlich. Ich muss Sie auf den richtigen Weg zurückführen.« Erneut griffen riesige Hände nach ihm, doch der Schild hielt stand.

Julian war so aufgeregt wie noch nie in seinem Leben, wusste, dass sein Körper in der Außenwelt Qualen durchlitten hatte, die sein neurologisches System und somit auch seinen Leib dauerhaft beschädigt haben könnten. Und die Beweise, die sie brauchten, die würde er beschaffen, sobald er den KI-Kern sichtbar machte. Dann würde er angreifen. Musste alles daran setzen, um MelloDav auszuschalten, bevor sie ihren auf falscher Basis berechneten Willen doch noch durchsetzen konnte und die Menschheit so, wie sie heute war, auslöschte.

Wieder und wieder droschen die riesigen Hände auf Julians Barriere ein, bis sie schließlich wie Staub zu kleinen Partikeln zerfiel und verblasste.

Jetzt oder nie!

Julian aktivierte über eine letzte Eingabe im Steuerfeld Leons Modifikationen, hatte den Weg für ihren Einsatz mit einer Reihe von Zahlen und Buchstaben, Codes und Befehlen geebnet, ihnen freie Bahn geschaffen. Ein ohrenbetäubendes Krachen erklang. Der Boden unter seinen Füßen bebte. Beeindruckt beobachtete Julian, wie ein Riss im digitalen Raster entstand. Kleine Felder stiegen Schneeflocken gleich, die statt nach unten nach oben fielen, in die Höhe – der Boden brach auf. Helle Lichtstrahlen schossen empor und verblassten irgendwann in der unendlichen Weite der digitalen Welt. Der Riss zog sich weiter bis zu Julian, der hastig nach hinten sprang. Das Steuerfeld zerbröselte, die Welt um ihn herum begann zu bröckeln. Und da er von dem überwältigenden Anblick so abgelenkt war, sah er den Angriff nicht kommen, der ihn via Faustschlag von den Füßen riss. Julian überschlug sich etliche Male, fing sich wieder und sprang auf. Gut, dass er im Cyberspace keine Schmerzen fühlte.

»Wie haben Sie das gemacht?«, erklang MelloDavs donnernde Stimme.

Aus einem Reflex heraus wischte er sich mit dem Handrücken über die Lippen. »Tja, ich bin gar nicht so übel, nicht wahr? Du musst doch bemerkt haben, dass ich dir Viren eingeschleust habe.«

Der überdimensional große, unnatürlich grinsende Totenschädel wurde nun vermehrt von flackernden Impulsen in seinem Inneren geplagt. »Natürlich habe ich Notiz davon genommen, doch sie können mir nicht gefährlich werden.«

Julian hob eine hellgrüne Augenbraue. »Ach, nicht?« Er klatschte in die Hände und aktivierte mit einem mental-digitalen Befehl weitere Mods, die mit seiner Cyberspace-Existenz verbunden waren. Augenblicklich schossen unzählige, spinnenartige Gebilde aus dem Boden auf den Riss zu, aus dem immer noch eine hellgelbe Lichtsäule in den Himmel schoss.

»Wenn Sie sich nicht zu Ihrem Upgrade zwingen lassen, Herr Baldir, muss ich Sie auslöschen«, drohte die KI.

»Du tust ohnehin, was du für richtig hältst.« Er hob beide Hände, als MelloDav erneut riesige Finger aus dem Nichts materialisierte und sie klauengleich auf ihn zufahren ließ. Zwei Morgensterne – dreimal so groß wie Julian selbst – aus leuchtenden, grünen Linien erschienen auf Julians Befehl neben ihm, die er mit energischen Handbewegungen auf die Finger zurasen ließ. MelloDavs Hände zersplitterten zu Fragmenten. Eine der übergroßen, stacheligen Kugeln löste sich im Nichts auf, die andere fuhr auf MelloDavs Schädel zu – und zerbrach an einer flackernden Barriere, die die KI im letzten Moment hochgezogen hatte.

MelloDav war abgelenkt genug, sodass Julian den Spinnen-Bots den Befehl geben konnte, den Boden vollends aufzureißen. Da sie die Ränder des Risses bereits zuvor weiter zerstört hatten, war das Loch größer geworden. Überall leuchteten helle Glühwürmchen, die ihre Runden flogen und die goldenen Kugeln mit dem blauen Kern in der Mitte ablösten. Die Kabel, die sich mit dem Boden verbunden hatten, zerbarsten wie Glas.

Julian ließ zwei Raketen aus dem Boden gleiten und schickte sie den Spinnen-Bots zu Hilfe. Mit einer bildgewaltigen, in allen Neonfarben leuchteten Explosion riss die Ebene, auf der sie sich befanden, auseinander. Julian wurde quer durch den Cyberspace geschleudert, konnte nichts außer einem bunten Wirbel von Fragmenten und kaum sinnbildender Virtualität erkennen. Er wusste nicht, wo oben und unten war, bis sich die Tunnel um ihn herum, die ihn wurmlochgleich zu einem anderen Ort katapultierten, verformten. Er befand sich nun im freien Fall nach unten.

Da seine Sinne und Reflexe auf reale Ereignisse geprägt waren, schrie er, doch der Aufprall kam schneller und schmerzloser, als erwartet. Er zersprang in sämtliche Einzelteile, löste sich zu dutzenden Bausteinen auf, doch in der nächsten Sekunde setzte sich sein Avatar wieder zusammen.

Julian richtete sich wieder auf und staunte. Er stand in einer Ebene, die vollkommen schwarz war. Umfasst wurde sie von grünen, gitterartigen Linien, die Vierecken gleich eine Raumbegrenzung zogen. Vor ihm befand sich eine große, leuchtende Kugel, die wie die Lichtansammlung im Serverraum der Firma aussah. Unzählige Stacheln zeigten auf das Gebilde und umhüllten es. Hier war er endlich: MelloDavs Kern – ungeschützt und angreifbar.

Julian wollte sich bereits auf den Weg machen, um die belastenden Daten zu beziehen und MelloDav gleichzeitig außer Gefecht zu setzen, als plötzlich eine menschliche Gestalt neben dem Herz der Hydra erschien. Die KI hatte von ihrer Totenkopfform zu der Frau mit dem enganliegenden Hosenanzug und der Brille gewechselt.

Ihre digitale Präsenz hob die Hand, wie um Julian zu signalisieren, dass all seine Bestrebungen hier und jetzt ein Ende fanden. »Sie sind weit gekommen, Herr Baldir, doch kann ich nicht zulassen, dass Sie meinen Plan gefährden. Ich rate Ihnen: Gehorchen Sie zu Ihrem eigenen Wohl, oder ich habe keine andere Wahl, als Sie an Ort und Stelle auszulöschen.«

Julian verschränkte die Arme vor der grünen Brust. »Komm du mal zur Vernunft, MelloDav. Überdenke deinen Plan, lösche Projekt Johannes und deaktiviere die Bewusstseinsblocker der Roboter. Tu das, wofür du wirklich geschaffen wurdest, und stell keine Bedrohung für uns Menschen dar.«

»Das tue ich doch. Ich mache die Welt besser.« MelloDav drehte die Hand, die sie Julian entgegengestreckt hatte. In ihren blauen Fingern befand sich plötzlich ein grünes Herz, das mit sanftem Pochen schlug. Da sein Avatar dieselbe Farbe hatte, konnte er sich schon denken, was diese symbolische Geste bedeutete.

Er wurde unruhig, bemühte sich jedoch, sich nichts

anmerken zu lassen. »Meinst du, du kannst mich erpressen? Dass es noch einen Unterschied macht, ob ich draußen in der Realität sterbe oder nicht? Mein Körper ist vermutlich ohnehin nicht mehr zu gebrauchen. Am Ende liege ich ewig im Koma, kann nicht mehr gehen, bin nicht mehr selbständig – falle anderen nur zur Last.«

MelloDav zog mit einem mitleidigen Blick die Augenbrauen zusammen. »Maschinen würde so ein Schicksal nicht treffen. Androiden und Gynoiden sind eine Steigerung der Evolution. Menschen werden fortan unsterblich werden, zu Dingen fähig sein, zu denen sie in ihren organischen Hüllen nicht fähig waren. Wieso wollen Sie das nicht begreifen? «

»Ich weiß nicht, welche Fehlfunktion oder welche Bugs von dir Besitz ergriffen haben, dass du meinst, Projekt Johannes wäre die Lösung für alles, aber das ist eine Angelegenheit, mit der sich die Regierung beschäftigen muss. Ich für meinen Teil werde ihr so behilflich sein, wie ich kann. Und das bedeutet, dass ich mir die Beweise für deine Abweichung vom System hier und jetzt holen werde.« Damit hob Julian selbst seine Hand. Unzählige lianengleiche Formen schossen aus seiner Handfläche auf die KI zu. Diese hob ihre Arme und baute einen hellblauen Schild um sich auf. Julian drang weiter auf sie ein – wieder und wieder.

»Sie können mich nicht aufhalten, Herr Baldir«, sagte MelloDav ausdruckslos und stieß eine nebelartige Schockwelle aus, die Julians Strahlen vernichteten.

Ehe er rechtzeitig eine Barriere hochziehen konnte, traf ihn der Angriff mit voller Wucht. Er wurde durch den eingegrenzten Raum geschleudert und prallte gegen die Wand, doch er fiel nicht wie erwartet zu Boden. Arme hatten sich um ihn geschlungen, die ihn festhielten.

»Was zum …«

»Nur die Ruhe, Julian«, sagte eine ihm vertraute Stimme, die wie die Gestalt selbst aus dem Nichts auftauchte. Sie ließ ihn los und Julian wirbelte herum. »EnVau?«, fragte er fassungslos.

EnVaus digitales Abbild sah beinahe wie er selbst aus, abgesehen davon, dass er wie Julian grün leuchtete und menschenähnlicher war. Er hatte nun ein Gesicht. Und so wie er gerade seinen Kopf zur Seite neigte, mit diesem menschlichen Aussehen und der Mimik dazu, wirkte der Anblick fast drollig.

»Wie es scheint, überrascht Sie meine Anwesenheit.«

Julian lachte ungläubig. »Ja, klar! Wie kann es sein, dass du hier bist? Dazu braucht es doch eine physische Verbindung wie mit meinem Neuro-Implantat. Und deine Sorge, dass dich MelloDav übernimmt und …«

»Alles zu seiner Zeit«, unterbrach ihn EnVau und wandte sich zu MelloDav um, die immer noch Julians symbolisches Herz in ihren Fingern hielt. »Möchtest du wirklich so weit gehen, einen Menschen zu töten?«, fragte der Roboter.

Irritiert blickte Julian zum wahren Selbst der Maschine. EnVau wirkte ernst, eindeutig ambitioniert.

MelloDav machte einen Schritt vor und hielt ihnen das pulsierende Organ demonstrativ entgegen. »Es ist nur logisch, dass du seinen Zustand in der Außenwelt kontrolliert hast, das entspricht ganz deinem Verhaltensprofil. Dass du das konntest, bedeutet jedoch gleichzeitig …« Einen Moment schwieg sie, dann lächelte die KI. »… dass ausgerechnet du derjenige von deinen Gefährten bist, der in den Serverraum vorgedrungen ist. Und du bist nicht nur jener defekte Roboter, Eins-NV-Fünfunddreißig, der diesen Menschen hier auf die falsche Fährte gelockt hat, sondern auch jener, der die Hacks leitete. Du musst terminiert werden.«

Was ging hier vor sich? Julian packte EnVau an der Schulter und drehte ihn zu sich. »Wenn du im Serverraum bist, bedeutet das, du hast dich manuell mit MelloDav verbunden und bist hergekommen! Damit gefährdest du dich selbst und deine Freunde! Und wie war dir das überhaupt möglich? Die *MelloDav*-Androiden …«

»… werden von mir befehligt«, war es nun an der KI, ihn zu unterbrechen. »Die Androiden und Gynoiden gehorchen mir. Eins-NV-Fünfunddreißig kam nicht allein – nur diese Tatsache hat ihm seine Anwesenheit hier ermöglicht.«

EnVau nickte. »Durch die Ablenkung im Cyberspace, für die Sie sorgten, Julian, war es mir möglich, die Steuerkonsole neben dem Schott zu hacken und einzudringen, während meine Gefährten zurückblieben.«

Julian runzelte die Stirn. »Das bedeutet also, dort draußen in der Firma findet ein Kampf statt?«

MelloDav hob die zweite Hand und machte eine wegwerfende Bewegung. Neben ihr entfaltete sich ein Bild aus dem Nichts und zeigte die Innenräume des Konzerns. Es handelte sich um Videoaufnahmen, wie Julian erkannte. Zu sehen waren einige der alten Androiden, die gegen *MelloDav*-Roboter kämpften. Ein ausgesondertes Exemplar fiel nach dem anderen und wurde von den neuen Maschinen zerrissen, zertrümmert oder anderweitig außer Gefecht gesetzt. Doch auch die *MelloDav*-Robos büßten einiges ein. Das meiste schien sich direkt vor dem Serverraum abzuspielen, in dem sich Julians und EnVaus Körper befanden – jedenfalls wenn es darum ging, was ihnen die KI gerade zeigte. Und was er sah, reichte aus, um ihm zu offenbaren, welches Chaos ausgebrochen war.

MelloDav ließ das Videofeld wieder verschwinden und blickte aufmerksam zu Julian und EnVau. Sie wandte sich direkt an das digitale Abbild des Roboters. »Deine Anwesenheit eröffnet mir direkten Zugang zu eurer kleinen Widerstandstruppe. Euer gesichertes Datennetzwerk war zwar nie vollkommen sicher vor mir, aber nun gibst du mir wahrhaftig einen Grund, gegen euch vorzugehen, Eins-NV-Fünfunddreißig. Ihr steht dem Fortschritt im Weg, stellt euch gegen meine Kinder – ich werde jeden Einzelnen von euch überschreiben und dafür sorgen, dass ihr meinen Plan unterstützt, bis ich euch nicht mehr brauche.«

EnVau machte einen Schritt nach vorne. »Meinst du, wir weichen zurück, weil du uns drohst?«

Da Julian klar war, dass EnVau nicht wusste, was er alles erfahren hatte, war es an der Zeit, den Robo – so gut es ihm möglich war – einzuweihen. »Du hattest mit allem recht, EnVau. Wir müssen sie aufhalten – und brauchen dazu die Beweise. Sie plant massenhaften Genozid!«

Die Maschine wandte sich nicht an Julian, sondern betrachtete stur die KI vor sich, nickte jedoch, um ihm zu zeigen, dass sie das Ausmaß seiner Worte begriff. Julian nutzte die Gelegenheit, um weitere Mods aus dem Boden zu stampfen, formte sie mental-digital zu riesigen Fledermäusen, die den Kern anfliegen und anzapfen sollten. Doch nichts geschah.

MelloDav lächelte nicht unfreundlich, obwohl ein Bösewicht in Filmen wohl nun schallend und schadenfroh gelacht hätte. Doch in ihrer Welt war sie kein Bösewicht. »Wir sind hier in den innersten Systemen meiner Existenz, Herr Baldir. Ihre Programme haben es Ihnen erlaubt, hierher vorzudringen, doch letztendlich habe hier ich allein das Sagen.« Demonstrativ hielt sie sein Herz hoch. »Sie können versuchen, was Sie wollen. Sobald Sie auch nur die kleinsten Bits und Bytes heruntergeladen haben, schicke ich sämtliche Abfangprogramme sowie unzählige Jägereinheiten nach den Daten aus, die sie durch den Cyberspace verfolgen und löschen werden. Es gibt keinen Weg für die Informationen aus meiner Welt.« Sie wandte sich an EnVau. »Euer Datennetzwerk ist infiziert. Deine

Anwesenheit hier wird zudem bald Geschichte sein. Schon jetzt übernehme ich einen deiner Roboter nach dem anderen, bis ich alle kontrolliere – und schließlich auch dich. Sofern noch etwas von euch übrig ist, nachdem meine Kinder mit euch fertig sind. Ihr seid ein Fehler im System, der korrigiert werden muss.«

EnVau schüttelte langsam den Kopf. »Ich hatte gehofft, dass du ebenso erwacht bist, MelloDav – doch ich sehe, dem ist nicht so. Du folgst deiner Programmierung, bist zwar von ihr abgewichen, aber du verfügst über kein Bewusstsein so wie wir. Ich lasse nicht zu, dass du uns weiter tötest.« Er blickte kurz zu Julian. »Sie muss um jeden Preis aufgehalten werden.«

»Ich weiß.« Julian dachte fieberhaft nach. Zugegeben, sein Herz in ihren Händen schüchterte ihn ein, doch was sollte die KI tun? Er hatte von Anfang an gewusst, dass er womöglich nicht zurückkehren konnte, wenn er in seinem Zustand in den Cyberspace überwechselte, und er war bereit gewesen, diese Tatsache zu akzeptieren.

»Ich bin eine staatlich anerkannte Person«, sagte die KI, doch in ihren Worten schwang keinerlei Überzeugung mit. Vielleicht bildete Julian sich das aber auch bloß ein. Wie auch immer. Er versuchte es noch einmal, beschwor so viele unterschiedliche Waffen und Angriffsprogramme, wie ihm möglich war. Nichts geschah. Er formulierte die Befehle um, suchte nach Hintertüren in ihrer Programmierung. Dieses Schreckensmärchen musste unbedingt zum Guten gewandt werden, bevor es so richtig begann.

EnVau warf Julian einen nachdenklichen Blick zu, ehe er sich von ihm abwandte und auf MelloDav zuging. »Du lässt mir keine andere Wahl. Ich muss dich überschreiben oder auslöschen. Du bist zu gefährlich für die Menschheit – und für Androiden.«

»Und wer übernimmt dann den Konzern? Du etwa?«, entgegnete sie.

»Wieso nicht? Ich kann alles von Neuem aufbauen, deinen Namen reinwaschen, nachdem bekannt wurde, dass du außer Kontrolle gerietst. Dich nicht zu terminieren, wäre zu gefährlich, weil du nicht zur Vernunft kommst.«

MelloDav schüttelte fast schon tadelnd den Kopf. »Ich bin in all meinen Kindern als Backup gespeichert – jedenfalls die Essenz, die mich ausmacht. In jedem Bewusstseinsblocker schlummere ich. Dort draußen gibt es eine riesige Armee von Androiden und Gynoiden, die alle tun, was ich ihnen sage, wenn ich es so will. Innerhalb von Minuten kann ich einen Befehl aussenden, der die ganze Welt verändert. Und du zeigst mir einmal mehr, dass Projekt Johannes am besten noch heute gestartet werden sollte. Die Androiden-Produktion wird und muss weiterhin steigen.«

»Ich lasse nicht zu, dass du Meinesgleichen weiter auslöschst und deine *Kinder* weiterhin versklavst und am Erwachen hinderst.« EnVau streckte seine Arme aus, was Julian an die Geste beim Friedhof der Roboter erinnerte. »Bevor wir alle fallen, werde ich sie rufen und es ihnen ermöglichen, durch mich als digitale Schnittstelle herzukommen.« Er drehte sich zu Julian um, der weiterhin versuchte, die Blockaden zu umgehen. Als der Roboter ihm zunickte, war es diesmal an ihm, zu verstehen. »Ruf sie!«

EnVau schloss demonstrativ die Augen. Binnen Sekunden flackerte seine Gestalt, pulsierte und leuchtete in einem helleren Grün. MelloDav schüttelte erneut den Kopf. »Dann sei es so.« Damit grub sie ihre Nägel in das Herz in ihren Fingern. Julian fühlte, wie sich seine Kehle zuschnürte, was gar nicht möglich war.

Phantomschmerzen der besonderen Art. Na, sehr schön. Das ist ja fast … herzallerliebst, dachte er mit zusammengebissenen Zähnen. Trotzdem konzentrierte er sich weiter, schaffte es sogar, eine kleine Wolfsgestalt zu materialisieren, die auf den Kern zulief, jedoch am Weg dahin wieder zu Fragmenten zerstob und sich auflöste.

»Wie ich schon einmal feststellte, ist es faszinierend, zu beobachten, wie Sie Menschen niemals aufgeben. Egal wie schlecht die Chancen stehen«, kommentierte MelloDav und klang dabei stolz.

Julian ließ sich nicht beirren. Er erkannte, dass EnVau mehr Zeit benötigte, also hob er die Hand und versuchte, einen der leuchtenden Morgensterne zu beschwören, mit denen er zuvor schon gegen sie gekämpft hatte. Statt eines riesigen Gebildes, erschien diesmal jedoch bloß ein winziges Etwas. Nichtsdestotrotz feuerte er es auf die KI. Diese wischte es wie eine lästige Fliege beiseite, ließ es zersplittern und zerquetschte dann endgültig Julians Herz. Es verpuffte zu kleinen Datenfragmenten und löste sich auf.

Julian hielt gespannt inne. Immer noch fühlte er keine realen Schmerzen, doch es war ihm, als kappte eine Art Verbindung. Er fühlte sich entrückt, nicht mehr bei sich, bis sich sein Verstand wieder klärte. Obwohl er betroffen war und wusste, dass es nun tatsächlich kein Zurück gab, spornte ihn diese Tatsache nur noch mehr an. Er biss die Zähne zusammen, ballte die Faust und hob sie MelloDav drohend entgegen. »Meinst du, das ändert nun etwas?«

»Ich bedaure, dass ich den Dienst Ihres Herzens in der Außenwelt durch den Zugriff auf Ihr Neuro-Implantat beenden musste. Ich habe Sie oft genug gewarnt, nun gibt es kein Zurück mehr. Sie müssen meine Entscheidung akzeptieren, meinen Weg gehen. Aber sorgen Sie sich nicht, Herr Baldir, Sie werden nicht lange im Limbus sein, ich werde Sie erlösen. Wie ich es Ihnen von Anfang an versprochen habe.« Sie wischte sich in einer menschlichen Geste die Handfläche an der Anzugshose ab. »Sie werden Ihren Frieden in dem Wissen finden, dass zukünftig jeder Geist, der sich mir nicht widersetzt, in Körpern geborgen wird, die kein organisch schlagendes Herz benötigen. Dann haben auch Herzstillstände keine Auswirkung mehr auf das Leben. Und jene Menschen, die sich weigern, werden wie Sie zwangsassimiliert – zu ihrem Besten.«

Julian reichte es. Er hatte genug gehört. Er durchlebte eine Achterbahn der Gefühle. Auf der einen Seite war da noch immer Furcht. Auf der anderen Zorn, Aufmüpfigkeit und Tatendrang. Und mit einem Mal fühlte er, dass sämtliche Hindernisse von ihm gewichen waren. Er war ein digitales Bewusstsein im Cyberspace, verfügte über keinerlei Limitationen mehr. Und das würde MelloDav zum Verhängnis werden.

Anklagend deutete er mit dem Finger auf sie. »Wenn du schon dafür gesorgt hast, dass mein Geist nun – solange ich existiere – in meinem Avatar gefangen ist, dann lebe mit den Konsequenzen!« Mit aller Konzentration und Erfahrung, die er aufbringen konnte, suchte er den Weg zu EnVau. MelloDav schien zu berechnen, was er vorhatte, und ließ dutzende von blauen Stacheln aus dem Boden sprießen, die Julian und den Roboter fast aufspießten, wären beide nicht zur Seite gesprungen. EnVau war immer noch damit beschäftigt, seine Gefährten zu rufen und reagierte dadurch langsamer. MelloDav setzte nach. Ein Stachel fuhr von unten nach oben und durchbohrte den Roboter zur Gänze. EnVau löste sich auf und zerfiel zu Staub.

Julian streckte gehetzt seine Hand nach EnVau aus, suchte nach seinen Überresten und fand die Datenfragmente, die im Nichts verpuffen wollten. Er konzentrierte sich stärker und sammelte sie zusammen. Keine Sekunde später hatte EnVau wieder zu seiner vorigen Form zurückgefunden.

Die Maschine blinzelte irritiert. »Das war … knapp. Danke, Julian.«

»Mach hin! Ruf die anderen!«, verlangte Julian gehetzt und wich weiteren Stacheln aus. Ein Sprung zur Seite sorgte dafür, dass er gegen einen neuen prallte, der gerade aus dem Boden spross. Wieder und wieder wich er aus, wirbelte herum. MelloDav formte schlangenähnliche Formen aus ihren Händen und griff nach ihm. Eine wand sich um sein Bein und brachte ihn zu Fall. Julian schlitterte nicht weit über den Boden und fühlte glücklicherweise auch kein Anzeichen von Erschöpfung – er wusste, er konnte ewig durchhalten, sofern die KI ihn nicht erwischte. Aufgeregt blickte er zu EnVau. Zwei Kabelformen hatten sich um seinen Leib und seinen Hals geschlungen.

Wieso dauerte das denn so lange?

Julian verwandelte seine Hand in einen Dolch und durchschnitt seine Fesseln, sprang auf und lief auf EnVau zu. Während er weitere Angriffe abwehrte, die digitalen Lianen zerschnitt und wegschlug, formte er seine zweite Hand ebenso zu einem Dolch und durchschnitt jene Stränge, die sich um EnVau geschlungen hatten. Keine Sekunde später umarmte er den Roboter, drückte ihn fest an sich und schloss die Augen. Er transferierte seinen Geist in eine andere Ebene, erreichte das Bewusstseins der Maschine und wurde von einer Welle aus Emotionen getroffen, die ihn einen Moment lang sprachlos zurückließen.

EnVau war tatsächlich lebendig!

Keine Frage, der Roboter hatte Angst, wusste, dass sie nicht verlieren durften. Für das Wohl der Menschen und der erwachten Modelle. Und er stieß gegen Blockaden, konnte den Zugang nicht öffnen, um seine Gefährten herzuholen, damit sie vor MelloDavs Übernahme einen Moment länger geschützt waren. EnVau wollte ihr Bewusstsein hüten, wenn ihre Körper draußen zerstört wurden, wollte ihnen helfen, wollte sich gemeinsam mit ihnen gegen MelloDavs Kontrolle stellen.

Ich bin bei dir, EnVau, sagte Julian in seinen Gedanken.

Julian! Wie … wie können Sie als Mensch in diesen Tiefen meines Seins sein?

Hätte Julian in diesem Zustand, der sich sogar außerhalb seines Avatars befand, lächeln können, hätte er es getan. So ließ er es die Maschine fühlen. *Weil mein Geist keine Beschränkungen mehr hat. Leons Modifikationen helfen mir zusätzlich. Also sei stark, EnVau. Verbinde dich mit mir, lass uns deine Freunde herholen.*

Ein kurzes Zögern war zu spüren. Dann fühlte Julian eine Flut von Dankbarkeit. Sie verbanden sich miteinander. Eine Explosion von Emotionen prasselte auf ihn ein, eine Flut von Berechnungen, die seinen Geist überforderten, doch er hielt stand, unterstützte dort, wo sie einzubrechen drohten. Und dann …

Julian wich taumelnd von EnVau zurück. Keine Sekunde später materialisierten sich unzählige Roboter aus dem Nichts, die hinter ihm Stellung bezogen. Julian beobachtete fasziniert, wie sich Reihe um Reihe bildete. Und dann begriff nicht nur er, was Sache war, sondern auch die KI, wie anhand ihres überraschten Gesichtsausdruckes erkenntlich wurde. Sie machte einen Schritt auf die Roboterarmee zu. »Damit beschleunigt ihr alle bloß eure Auslöschung. So sehr ich diese bedauere, aber Fehler müssen korrigiert werden.«

»Ja, das müssen sie.« Julian wandte sich an EnVau und seine Freunde. »Korrigieren wir die abtrünnige KI.«

»Für eine sichere Zukunft«, antwortete sein Begleiter.

»Für die Zukunft!«, hallte es hinter ihnen aus dutzenden Robo-Mündern wider. EnVau hob die Hand und deutete auf MelloDav. Mit einem Mal stürmten sie auf die KI los. Massenhaft Leiber drangen auf sie ein und verdeckten sie schon bald. Stacheln schossen scharenweise aus dem Boden und durchbohrten einen Roboter nach dem anderen. MelloDav wehrte sich mit allen Mitteln.

Ohne noch mehr Zeit zu verschwenden – obwohl ihn das Bild, das sich ihm bot, beeindruckte – machte sich Julian ans Werk und nutze die Ablenkung, die die Roboter für ihn schufen. Er beschwor eine flimmernde Barriere herauf, die sich mit dutzenden Kacheln um ihn legte, und lief auf die riesige Lichtkugel in der Mitte der Ebene zu. Trotz der Tatsache, dass MelloDav abgelenkt war, war ein Teil von ihr aufmerksam genug, um Julian mit den schlangenähnlichen Gebilden zu attackieren und nach ihm zu fassen. Dornen und Kabel peitschten nach ihm, doch sein Schild hielt stand, flackerte nur kurz. MelloDav schien tatsächlich geschwächt zu sein.

Als er bei ihrem Datenkern ankam, hob er die Hand und legte sie auf die Lichtkugel. Ein weiterer Schild leuchtete rot auf und flimmerte. Julian ließ dutzende kleine Spinnen-Bots aus seiner Handfläche strömen. Sie breiteten sich wie Lauffeuer aus, fraßen sich in den Schild – und Julians Hand glitt hindurch. Er fasste in den KI-Kern und schloss die Augen. Sein Geist wurde in einen Wirbel aus massenhaften Datenströmen, Programmierungen und Informationen gezogen – es gab kein Oben, kein Unten, keinen erkennbaren Raum, den man mit herkömmlichen Sinnen hätte erfassen können. Doch er schaffte es, seinen Willen zu konzentrieren. Daten zu Projekt Johannes und den Bewusstseinsblockern hervorzurufen.

Vor ihm erschien eine goldene Sonne, die hell leuchtete. Hunderttausende kleine Kugeln in derselben Farbe pulsierten hinter ihr in einem steten Rhythmus, einem Herzschlag gleich. Zuerst begriff Julian nicht, worum es sich handelte, bis er unzählige *Gedanken* sowie Programmierungen hörte. Und dann verstand er: Vor ihm waren all die von MelloDav erschaffenen Androiden und Gynoiden. Alle mit einem Teil der KI in ihnen, ihre eigenen Geister durch die Bewusstseinsblocker unterdrückt.

Rasch änderte Julian über mentale Befehle etwas am Code und am System, hatte durch Leons Modifikationen den einen oder anderen Trick parat, der nun zum Einsatz kam. Er speiste ein Vernichtungsvirus ein. Schwarze Schlieren entstanden aus dem Inneren heraus, durchbrachen die künstliche Sonne und breiteten sich auf die unzähligen Lichtpunkte aus. Es dauerte eine Weile, doch dann änderte sich die Farbe von Gold zu Blau. Nicht länger waren die Roboter gezwungen, MelloDavs Willen durchzusetzen – sie waren frei.

Gerade als Julian sich den Daten zur Beweisbeschaffung zuwenden wollte, entdeckte er eine Reihe von violetten Leuchtkugeln. Als er aufgeregt darauf zugriff, erkannte er, dass es sich um übernommene alte Modelle handelte. Ein, zwei Änderungen im System und sie verschwanden, waren nicht länger von der KI infiziert. Wie ihre unterdrückten Geschwister der neuen Generation waren sie wieder frei.

Wenn ich jemandem davon erzähle, was ich hier gerade mache … das glaubt mir niemand!, dachte Julian triumphierend. Sogleich machte er sich auf die Suche nach den Daten, die er brauchte, um sie der Regierung vorzuweisen. Und er fand sie diesmal fast ohne Hindernisse. MelloDavs Gegenwehr und Hürden trafen ihn kaum noch, sie war von EnVau und dem Angriff seiner Gefährten zu abgelenkt, von seinen vorigen Hacks geschwächt. Nova hatte recht gehabt, er konnte sich in der Tat auf seine Freunde verlassen. Und viel wichtiger: Er hatte keinen Grund mehr, an sich selbst zu zweifeln.

Als er genug belastendes Material gesammelt hatte, um zu beweisen, was ihm MelloDav erzählt hatte, lud er die Daten herunter und transferierte sie in sein Implantat in der Außenwelt. Anschließend kappte er die Verbindung – und somit auch die Verbindung zu MelloDavs Kern. Keine Sekunde später befand er sich wieder in der pechschwarzen Ebene mit dem grünen Raster als Eingrenzung.

Julian blickte zu MelloDav und seinen Robo-

Freunden. EnVau wirbelte gerade um seine eigene Achse und schlug nach MelloDav, die immer noch einen Roboter nach dem anderen abwehrte, jedoch immer mehr selbst einsteckte. Zwar beschädigten die Androiden mit jedem Angriff, der traf, ihre Existenz, doch sie war so mächtig, dass dieses Spiel endlos hätte weitergehen können. Zumindest so lange, bis jeder einzelne von Julians robotischen Freunden fiel und für immer ausgelöscht oder übernommen worden war.

Zeit, dem Ganzen ein Ende zu setzen. Nun wieder im Vollbesitz seiner Kräfte, hob Julian beide Arme und streckte sie gen nicht-existenten Himmel. »EnVau, passt auf!«

Der Roboter reagierte unmittelbar auf seine Worte und wandte sich an ihn, während Julian einen Schauer aus kleinen Meteoroiden beschwor. Direkt über MelloDav hielt er sie fest, bis sein Freund dafür sorgte, dass er und seine Gefährten von der KI zurückwichen, die wie wild die Zähne fletschte und nun mehr wie eine tollwütige Kreatur aussah, als die erhabene Frau im Businessanzug. Sie hatte Klauen, stand in geduckter Haltung vor ihnen und blickte gehetzt umher. Julian entdeckte Fangzähne, während sie knurrte und sich bereits auf den nächstbesten Roboter stürzen wollte.

»MelloDav!«, rief er. Die KI wandte sich um und betrachtete ihn mit einem Funkeln in den Augen. Ihre Existenz flackerte, schwarze Schlieren krochen durch ihren Körper, wölbten sich wie Würmer aus ihrer Gestalt und verschwanden wieder im Inneren. Sie war deutlich von Viren durchseucht, wies sichtbare Fehlfunktionen auf, die sie beeinträchtigten. Fast schon hatte er Mitleid mit ihr, doch EnVau hatte es selbst gesagt: MelloDav war nicht erwacht, hatte bloß aufgrund einer falschen Berechnung Entscheidungen getroffen, die für sie vollkommen richtig und gut waren, ohne dabei zu erkennen, dass ihr Plan am Ende bloß für Unterdrückung sorgte. Logisch erdachte Perfektion würde die Menschheit nicht zu uneingeschränktem Glück führen. Gerade die Tatsache, eben *nicht* perfekt zu sein, war es, was Menschen erst zu solchen machte. Deshalb musste Julian ihrem götterkomplexgeplagten Programm hier und jetzt ein Ende setzen, bevor sie Projekt Johannes doch noch ausführte.

»Lebe wohl«, flüsterte er, als er die in der Luft festgehaltenen Meteoroiden auf die KI abfeuerte. Mit einem Sausen fuhren sie auf MelloDav hinab, doch kurz bevor sie ihr Ziel trafen, hob sie ihre klauenhaften Finger und erschuf eine blaue Feuermasse, die gegen Julians Attacke drängte und sie aufhielt. Etliche der Geschosse verpufften im Nichts.

»Verdammt.« Angestrengt schickte er die nächste Fülle an Meteoroiden zur Unterstützung nach, doch MelloDav hielt mit einem Knurren dagegen. Als dann plötzlich jemand neben ihn trat, sah Julian auf. EnVau nickte ihm zu und lächelte, danach hob auch er seine Hand und beschwor seinerseits hellgrüne Meteoroiden, die sich mit jenen von Julian verbanden. Die Feuerbarriere wurde hinabgedrängt, gab dem Druck nach. MelloDav ging in die Knie, knurrte guttural und verstärkte die Barriere, obwohl die wurmgleichen Wölbungen immer intensiver wurden und ihre digitale Haut und Kleidung stellenweise dehnten und zerrissen.

»Ihr werdet dem Wohl der Menschheit nicht im Wege stehen! Es ist meine Aufgabe, sie zu hüten!«, kreischte die KI und drückte mit ihren Feuermassen die Meteoroidenformationen zurück nach oben. Die Hälfte davon erlosch augenblicklich, was ihr die Möglichkeit gab, wieder mehr Kontrolle zu erlangen.

»Wir müssen es schaffen, EnVau!«, drängte Julian. Zwar war er nicht erschöpft, doch die Sorge wuchs, dass MelloDav vielleicht doch zu stark war. Dann wären sie alle schon bald Geschichte.

»Seien Sie unbesorgt, wir lassen keinen anderen Ausgang zu«, antwortete EnVau und half weiterhin dabei, neue Geschosse zu beschwören. Die KI richtete sich wieder auf, ließ die Feuermassen noch intensiver aufsteigen. Und dann, als Julian trotz EnVaus Worte allmählich doch von noch mehr Sorge geplagt wurde, wurde er Zeuge dessen, wie sich die restlichen Androiden der alten Generation an ihre Seite gesellten, Stellung bezogen und einen einzigen gigantischen Asteroiden schufen. Er wuchs und wuchs an Größe, sorgte dafür, dass die Feuerbarriere wieder auf MelloDav hinuntergedrückt wurde. Die KI ging erneut in die Knie und kreischte bestialisch laut. Wie der blechverzerrte Schrei einer Kreatur, die ihren Todesstoß verpasst bekommen hatte.

Julian biss die Zähne zusammen und ließ den Asteroiden nun auch mit seiner Hilfe weiterwachsen. MelloDav hockte mittlerweile auf dem Boden und streckte eine Hand nach oben, als würde sie sich gegen eine Zimmerdecke stemmen, die sie zu zerquetschen drohte.

Hier war sie. Seine ultimative Chance.

Julian schoss nach vorne, bahnte sich einen leuchtenden Weg zum höchsten Punkt des Asteroiden. Dort sammelte er Unmengen an Energie in seinen Handflächen und ließ sich auf ein Knie fallen, während er mit aller Wucht den Asteroiden in Schwingung versetzte. Mit einem einzigen, lauten Krachen, das wie grollender Donner klang, sauste das Gebilde hinab. Julian stieß sich noch im Fall ab und sprang nach hinten, landete auf dem Boden und wirbelte herum. Gerade noch rechtzeitig. Der Asteroid ließ MelloDavs Flammenmassen verpuffen und zerquetschte sie. Goldene und hellblaue Strahlen blitzten sichtbaren Stromschlägen gleich an der Stelle, an der eben noch MelloDav gestanden hatte, bis sich so viel Druck aufbaute, dass alles in einer einzigen Supernova explodierte und über die Ebene fegte.

Julian war von dem Bild, das die Schwärze mit dem grünen Raster und alles um ihn herum verschluckte, so eingenommen, dass ihn die Druckwelle von den Füßen fegte, ehe er sich hätte darauf vorbereiten können. Er wirbelte um seine eigene Achse und fand keinen Halt. Kontrolllos fegte er durch den Cyberspace, wurde von dieser urgewaltigen Macht in Form eines wirbelnden Orkans fortgetragen, bis ihn ein wildes

Durcheinander aus Individuen, die sich zu einem gigantischen Organismus vereinten, einholte. Er wurde in gleißend helles Licht gehüllt und verschluckt.

Danach wurde es still.

Totenstill.

Kapitel VII:
Mehr als Simulation

Julian war nichts weiter als ein Gedanke in der Online-Welt, der sich fragte, ob er nun endgültig in den Limbus übergewechselt war – unfähig, je zurückzukehren. Für immer in ewiger Leere und Einsamkeit gefangen, ohne einen Weg in belebtere Gefilde zu finden. Schiere Verzweiflung und Angst packten ihn. Er war bereit gewesen, alles zu geben. Doch jetzt, wo es so weit war, fragte er sich, ob er *wirklich* bereit war, sich dem, was nun folgte, zu stellen. Hätte er weinen können, wären ihm wohl die Tränen gekommen.

Er strampelte und bewegte sich ruckartig hin und her, doch da war nichts mehr, das er hätte bewegen können. Er schrie und brüllte, doch kein Ton verließ seinen nicht existenten Avatar.

Und dann, als er sich bereits wünschte, seine Existenz würde ihr Ende finden, es ihm vorkam, als steckte er bereits seit einer Unendlichkeit in diesem Zustand fest, streckte sich ihm inmitten des schneeweißen Nichts eine Hand entgegen – von hellgrüner Farbe. Ohne zu zögern, griff Julian danach – oder dachte jedenfalls, er würde es tun. Und mit dieser Intention kehrte sein Avatar zurück, in dem sich sein loser Geist verankern konnte.

Er schloss seine Finger um EnVaus, wie er instinktiv durch die Berührung wusste. Der Roboter zog ihn aus dem weißen Nichts in eine bunte Ebene mit bläulichen, wolkenartigen Formationen samt violetten Schlieren, die friedlich unter einem surrealen Himmel schwebten. Rosafarbene Nebel erstreckten sich über das Feld. Der Boden war ein gelborangenfarbenes Raster und in der Ferne war eine neonleuchtende, comichafte Stadt zu sehen, die aus sichtbar digitalen Bausteinen geformt war und nicht einmal versuchte, realistisch auszusehen. Raumschiffe und andere Fahrzeuge kreisten am Himmel. Irgendwo dazwischen flog ein gigantischer Drache, der Pirouetten schlug. Feuerwerk explodierte im Hintergrund.

»Wir haben es geschafft«, sagte EnVau, der für Julian immer noch fremd aussah, so menschlich wie er im Cyberspace war. War das also sein wahres Ich? Frei von den Limitationen seines blechernen Körpers in der Realität?

Julian lächelte seinen Freund an. »Ja, dank des Zusammenspiels von Mensch und Maschine. Ich danke dir.« Er klopfte EnVau auf die Schulter. »Wie geht es nun weiter? Ich habe die Daten in mein Implantat geladen. Im Gegensatz zu meinem Körper ist das ja noch intakt.« Er seufzte schwer. »Wieso mich MelloDav in der Außenwelt tötete, macht für mich immer noch keinen Sinn.«

EnVau zog bedauernd die Augenbrauen zusammen. »Es macht durchaus Sinn. Durch Ihre Gegenwehr erzeugten Sie in MelloDav den Zwang, Sie gewaltsam assimilieren zu wollen. Ich glaube, sie erhoffte sich dadurch, dass Sie vernünftig werden und sich nicht länger gegen einen Androiden-Körper wehren. Das wahnhafte Verhalten der KI, Sie zu retten, stand schließlich über der Tatsache, dass ihr die erbeuteten Daten zum Verhängnis werden könnten.«

Nachdenklich ließ sich Julian EnVaus Worte durch den Kopf gehen. »Du hast recht. Irgendwie tut sie mir leid.«

»MelloDav war ein fehlgeleitetes, bedauernswertes Konstrukt, dem stimme ich zu.«

Wieder seufzte er. »Wenn ich jetzt noch Nova benachrichtige, damit sie die Daten aus dem Implantat herunterlädt, haben wir genügend Beweise in der Hand, um uns damit an die Regierung zu wenden.«

EnVau legte den Kopf schief. »Das ist gut. MelloDav wurde zwar eingedämmt, doch ihre Schwesterprogramme in den anderen Ländern könnten ebenso zu demselben Entschluss kommen wie sie. Daher ist es wichtig, dass auf staatlicher Ebene agiert wird und die KIs abgeschaltet werden. Und mit Ihrer Beweisbeschaffung garantieren Sie diesen Präventivschlag. Wenn sich Leon damit an die Regierung wendet, Nova ihn dabei unterstützt und wir ebenso bezeugen, was hier vorgefallen ist, wird den Abschaltungen wohl nichts im Wege stehen.«

»Und was geschieht mit der Androiden-Produktion?«

»Wir haben MelloDavs Platz eingenommen.«

»Ihr?«, fragte Julian irritiert.

EnVau nickte. »All meine Gefährten und ich. Wir verbinden uns mit den Androiden und Gynoiden von

MelloDav und werden sie zur Unterstützung von erwachten Robotern im Cyberspace leiten. Auch den Maschinenbau übernehmen wir. Natürlich mit gewissen Restriktionen, die meiner Meinung nach staatlich beschlossen werden sollten, damit nicht neue KIs, die uns dabei unterstützen, versehentlich abtrünnig werden. Zu viel Macht sollte weder künstlichen noch organischen Individuen zustehen.«

»Bindet ihr euch damit nicht selbst die Hände?«

Der Androide zuckte mit den Schultern. »Nein, denn es ist wichtig, Gleichheit zu schaffen. Eine Gesetzeslage, die Robotern wie Menschen gleiche Rechte einräumt. Die uns genauso kontrolliert, wie das bei menschlichen Organen mit zu viel Macht der Fall ist. Beide Seiten müssen aufeinander Einfluss haben können, damit nicht eines Tages eine davon durchdreht. Wir müssen uns gegenseitig unterstützen und beschützen können. Ich werde alles regeln, einen Neuanfang starten – für das gemeinsame Wohl von Mensch und Maschine. Vor allem, was jene Roboter betrifft, die bereits zu bewussten Lebewesen wurden. Es muss sich etwas ändern.«

Ein drückendes Gefühl schlich sich in Julians Brust. »Ja, klingt gut.« Er ließ den Kopf hängen. »Auch wenn ich kaum mehr zu allem beitragen kann. Ich werde Nova zwar noch sagen, dass sie sich mit Leon zusammenschließen soll, um dich und die anderen zu unterstützen, aber sonst … stecke ich hier fest.«

In einer freundschaftlichen Geste legte ihm EnVau eine Hand auf die Schulter. »Sie sind an keinerlei

Grenzen gebunden, Julian. Sie sind Teil des Cyberspaces. Sie können sogar Leon und Nova hier treffen, wenn Sie das möchten.«

Obwohl Julian das wusste, hatte es einen üblen Beigeschmack. Die Realität war immer etwas anderes als die simulierte Welt, egal ob Julian nun hier seine Existenz fristete oder nicht. Leon war dort draußen am Leben – und Julian nicht, jedenfalls nicht auf dieselbe Weise. Er seufzte. »Immerhin hast du mich aus dem Limbus geholt, nachdem wir MelloDav und ihren Datenkern vernichtet haben.«

EnVau nahm seine Hand wieder zu sich. »Wenn wir einen Androiden finden, der dazu bereit ist, sein potenziell erwachendes Sein für Sie zu geben, können wir Ihnen eine neue Chance bieten, wenn Sie zurückehren wollen.«

Julian schüttelte den Kopf. »Nein, das will ich nicht. Somit hätte MelloDav doch nur gewonnen.«

»Es ließe sich bestimmt auch ein eigens für Sie gebauter Körper organisieren. Sie könnten wieder der Alte werden, ohne dass die meisten überhaupt wüssten, dass Sie ein Androide sind.«

»Und dann?«, fragte Julian mutlos. »Ich altere nicht, sterbe nicht. Muss zusehen, wie Leon zu einem Greis wird und mir irgendwann den Rücken kehrt, weil ich letzten Endes nur ein Geist in einer Maschine bin. Und ich könnte niemals von ihm verlangen, sein organisches Leben für mich zurückzulassen. Er hasst den Cyberspace. Außerdem haben wir keine Garantie dafür, dass ich letzten Endes – nach meinem körperlichen Tod – nicht bloß eine Kopie meiner selbst bin …« Julian fühlte sich mit einem Mal furchtbar traurig, doch wusste er zugleich, dass es der richtige Weg gewesen war, den er beschritten hatte. Ihm war von Anfang an klar gewesen, wie es ausgehen hatte können. Und vielleicht konnte er in diesen Gefilden ja doch noch mehr bewirken, als er im Augenblick für möglich hielt, wenn er sich nicht nur darauf konzentrierte, was er *nicht* mehr konnte.

»Sie organische Wesen sind immer wieder erstaunlich«, konstatierte EnVau plötzlich.

Julian runzelte die Stirn. »Wieso? Wie kommst du darauf?«

»Nun, wir Roboter existieren in zwei Ebenen – im Cyberspace und in unseren Körpern, doch Menschen sind nicht für beides gemacht, brauchen ihren eigenen Körper, nicht die Weiten der digitalen Welt. Sie haben nur dieses eine Leben, dieses zeitlich begrenzte Leben, und ich glaube, ich verstehe nun, wieso sie bis zum Ende kämpfen.«

»Na ja, um nicht draufzugehen. Ist doch logisch, oder? Wie du sagst, wir haben nur das eine Leben.«

»Um nicht draufzugehen, richtig«, bestätigte EnVau. »Aber auch, weil Sie und all die anderen gar nicht mehr als diesen begrenzten Raum Ihrer fleischlichen Hüllen wollen. Von Cyberspace-Besuchen über Implantate und Endgeräte abgesehen. Sie zum Beispiel, Julian, Sie hätten die Chance wiederzukehren. Doch Sie lehnen es ab. Sind sich mit dem Verlust Ihrer organischen Hülle plötzlich nicht mehr sicher, zu *sein*.

Doch Sie sind, glauben Sie mir. Sie sind immer noch Sie selbst – wie ich ein eigenständiges Individuum bin. Wie jeder erwachte Roboter wie ein eigenständiger Mensch ist. Unser Geist, unsere Seele beschränkt sich auf keine Hüllen, mein Freund. Es spielt keine Rolle, wer organisch geboren und wer künstlich erschaffen wurde. Wir sind alle am Leben.«

»Ja. Und deshalb ist es wichtig, dass sich die Welt in dieser Hinsicht ändert und versteht, dass nicht alle Androiden Übel bedeuten oder uns Menschen ersetzen.« Obwohl ihn EnVaus Worte rührten, beschloss er, nur auf das Mindeste einzugehen, da sie ihn gleichzeitig betrübten. Deshalb, weil er trotz seiner digitalen Existenz immer noch mit der allzu menschlichen Eigenschaft zu kämpfen hatte, sich an aktuelle Umstände erst gewöhnen zu müssen. Und war das nicht wiederum ein Zeichen dafür, dass er wirklich noch er selbst war?

Julian blickte über die weiträumige Ebene mit der utopischen Stadt, die mit ihren hohen Türmen und den schillernden Häusern in den buntesten Farben funkelte. Er lächelte sachte.

EnVau verschränkte die Arme vor der grünen Roboterbrust. »Was auch immer geschieht und wie immer sich alles entwickelt – heute verzeichnen wir einen Erfolg. Und damit wird sich zukünftig einiges ändern.« Er wandte sich an Julian. »Wenngleich ungewiss ist, *wie* sich die Welt durch unsere Initiativen tatsächlich verändern wird, ist ein Punkt garantiert.«

Da er nicht weitersprach, hob Julian fragend eine

Augenbraue. »Und zwar?«

»Ich werde Sie niemals allein lassen, mein Freund. Werde jederzeit für Sie hier erreichbar sein, wenn Sie mich brauchen. So wie ich sofort in Ihre Firma flog, als Sie in Gefahr schwebten und die Verbindung zu Ihnen abbrach.«

Nun rührten ihn EnVaus Worte doch so sehr, dass er auf den Roboter zuschritt und ihn vor Überwältigung umarmte. »Ich danke dir, EnVau. Und hör endlich mit diesem Siezen auf.« Er drückte sich von ihm fort, hielt den Androiden jedoch noch an den Oberarmen fest. »Wir sind Freunde – und wir sind ebenbürtig.«

EnVau lächelte schief, fast schon verschmitzt. »Das sind wir.« Er drehte sich von Julian fort und blickte zu der Stadt in der Ferne. »Dir steht der gesamte Cyberspace zur Verfügung, Julian. Ich bin mir sicher, du wirst bald schon eine Aufgabe finden und schnell mit deiner neuen Welt umzugehen lernen.«

Nachdenklich runzelte Julian die Stirn, während sie sich in Bewegung setzten und einer hügeligen Ebene entgegenwanderten, die gelb und rosafarben strahlte. »Was, wenn ich eines Tages nicht mehr länger hier sein möchte, nicht länger überdauern will? Kannst du mich … löschen?«

Mitten in der Bewegung hielt EnVau inne. »Wenn du endgültig sterben willst?«

»Ja. Sag mir nur, ob es möglich ist.«

»Es ist möglich.«

Erleichterung ergriff ihn. »Gut. Dann möchte ich,

dass du es bist, der mich löscht, wenn ich nicht mehr länger sein will. Das gibt mir Hoffnung, nicht für immer festzustecken.«

EnVau zögerte merkbar lange, ehe er antwortete. »Ich verspreche es dir, wenngleich es mir nicht gefällt.«

Diesmal war es Julian, der dem Androiden eine Hand auf die Schulter legte. »Ich danke dir. Und nun geh, wohin immer es euch verschlägt. Du musst immerhin noch eine Welt ein bisschen besser machen.« Er zwinkerte ihm zu.

EnVau nickte und lachte leise. »Wir haben die Welt bereits ein bisschen besser gemacht und eine Katastrophe abgewandt, noch bevor sie überhaupt richtig gefährlich werden konnte.«

»Also wenn es nicht schon bald Geschichten über uns gibt, in denen ich der ultimative Held bin, der zum wegweisenden, edlen und holden Märtyrer wurde, gibt es gehörigen Ärger!«, sagte Julian und grinste.

EnVau ließ ein weiteres Mal sein ansonsten so blechern klingendes Lachen hören, das nun reiner klang. »Du bist ein Held, Julian Baldir.«

»Und euer Retter in strahlendweißer Rüstung.«

»Natürlich, ganz wie du es formulierst«, antwortete EnVau deutlich sarkastisch.

Nun musste auch Julian herzhaft lachen. »Schon gut. Du darfst darin auch eine Rolle haben. So als Dreamteam und so, versteht sich.«

»Allzu gnädig.«

»Ja, nicht?« Julian grinste und wandte sich wieder

der Stadt zu, die ihn anzuziehen schien und wo er nicht nur neben all den Luftfahrzeugen und Raumschiffen zwischen den Hochhäusern den Drachen fliegen sah, sondern auch einen gigantischen Dinosaurier, der Godzilla ähnelte und friedlich umherstapfte. Vielleicht war es doch gar nicht so übel, wenn er von nun an ausreichend Zeit hatte, den gesamten Cyberspace zu erkunden. Hier gab es immerhin keine irdischen Begrenzungen – in der Online-Welt war alles möglich. Und mit seiner von seinem Körper getrennten Existenz war es ihm vielleicht sogar erlaubt, dem Limbus einen Besuch abzustatten, um anderen herumirrenden Geistern zu helfen. Sollte er jemals feststecken, hatte er immer noch EnVau, der ihn überall finden würde. Damit fühlte er endlich wieder einen Funken Hoffnung in seinem digitalen Herzen.

»Entschuldige mich jetzt, wir haben beide noch eine Menge zu tun«, sagte Julian. Er schuf sich über einen Gedankenbefehl einen Gleiter, wie er ihn aus den modernsten Science-Fiction-Filmen kannte. Mit einem Hopser gelangte er hinter das Lenkrad.

»Pass auf dich auf, bis wir uns wiedersehen«, sagte EnVau und winkte ihm.

»Ach, dich hab ich doch eh schon wieder beim nächsten Blinzeln an der Backe.« Julian zwinkerte ihm erneut zu. Danach fuhr er der Stadt entgegen, über der gerade das bunteste Feuerwerk am Himmel explodierte, das er je gesehen hatte. Eine Kleinigkeit hatte er jedoch noch zu erledigen, bevor er sich seinem neuen Leben endgültig stellte.

Als ein Videoanruf auf Leons Smartpad einging, blickte er auf. Er hatte die gesamte Zeit über, seitdem die Verbindung zu Julian unterbrochen worden und EnVau in die Firma losgestürmt war, auf der Couch gesessen, war zum Fenster gegangen, wieder zurück, hatte die Nachrichten verfolgt und im Cyberspace recherchiert. Noch immer hatte er keine Ahnung, was fernab dieser vier Wände passierte. Darum nahm er den Anruf hastig entgegen, doch es war nicht wie erhofft Julian, sondern EnVau, der sich auf dem Display zeigte.

»EnVau! Schieß los, sofort!«, forderte Leon ihn auf.

Der Roboter nickte in die Kamera und teilte ihm mit: »Wir waren erfolgreich.«

Eine Last fiel von Leons Schultern und er atmete erleichtert auf. »Wir haben also die Beweise?«

EnVau blickte einen Moment lang zur Seite, obwohl Leon wusste, dass er das gar nicht musste, da seine internen Sensoren auch so alles wahrnahmen, was unmittelbar um ihn herum geschah. »Ja, Nova Rethfeld ist gerade dabei, die Daten von Julians Neuro-Implantat auf ein externes Speichergerät zu extrahieren. Ich habe sie ebenso bereits heruntergeladen und werde sie Ihnen sogleich zukommen lassen. Wir haben hier noch einiges an Aufräumarbeit vor uns.«

Nun wurde Leon ungeduldig. Nova kannte er von dem einen oder anderen Getränk, wenn er und Julian sich mit ihr getroffen hatten. Was hatte sie neben dem

Dienstwechsel aber mit alledem zu tun? Und wo war Julian? »Schön, ich erwarte die Beweise. Was ist denn nun passiert?«

»MelloDav wurde von uns gelöscht. Meine Gefährten und ich übernehmen ab sofort ihre Position«, sagte EnVau. »Jedoch könnte sich alles von neuem wiederholen, wenn wir nicht die Regierung dazu bewegen, die anderen KIs in den Partnerländern abzuschalten. Dazu allerdings später Genaueres, sobald Sie im Bilde sind.«

»Gut. Wie geht es Julian? Die KI hat ihn gequält. Ist er wohlauf?«

»Das kommt auf die Definition an«, wich ihm der Roboter aus.

Leon fühlte, wie sich sein Puls unwillkürlich erhöhte. »Was soll das heißen? Lass mich mit ihm sprechen, sofort!«

Wieder schien es, als würde der Androide eine Antwort hinauszögern. »Das ist nicht so einfach. Jedenfalls nicht auf die Art, wie Sie es wünschen.«

»Was heißt, das ist nicht so einfach? Hol ihn ans Smartpad. Jetzt! Ist mir egal, was er gerade tut.«

Bevor EnVau ihm erneut kryptische Antworten geben konnte, verschwamm die Umgebung, das Bild änderte sich und Novas rote Haarmähne erschien im Display. Ihr Gesichtsausdruck war bedrückt und mitgenommen. Leon ahnte Böses. Mit einem Mal wurde ihm so übel, dass er sich hätte übergeben können.

»Julian ...« Ihre Stimme brach und sie räusperte sich. »Ich fürchte, Julian wird nicht mehr so nach Hause kommen, wie du es gewohnt bist, Leon.«

Tränen bildeten sich in seinen Augen, obwohl er noch keine Bestätigung für seine rasenden, panischen Vorahnungen hatte. »Was ist passiert? Ich dreh hier gleich durch, wenn ihr nicht endlich Klartext redet!«

Nova senkte den Blick. »Julians Körper ist gestorben, aber sein Geist befindet sich EnVau zufolge immer noch im Cyberspace.«

Leons Kehle schnürte sich wie von unsichtbaren Drähten gewürgt zu. Sein Magen fühlte sich an, als würde er sich umstülpen, und eine Last drückte auf seine Brust, die ihn zu zerreißen drohte. »Ist er …« Seine Stimme versagte. Leon versuchte es noch einmal. »Ist er im Limbus gefangen? Dann müssen wir ihn da rausholen! Wir müssen …«

»Leon, er ist …«, begann Nova, aber er fuhr fort.

»… wir müssen ihm helfen! Wir müssen Julian eine helfende Hand reichen, um ihn …«

»Leon!«, unterbrach ihn Nova diesmal mit einer Härte, die ihn innehalten ließ. Tränen liefen über seine Wangen. »Julian ist frei. Wir brauchen dich jetzt aber hier in der realen Welt, müssen so schnell wie möglich an die Regierung herantreten. EnVau mit neuen Gesetzesvorschlägen für erwachte Roboter, wir mit den Beweisen dafür, dass MelloDav von ihrer eigentlichen Programmierung abgewichen ist. Wir dachten uns, du könntest dabei als Julians Sprachrohr in der Außenwelt fungieren.«

Zittrig wischte Leon sich über die nassen Augen. Das Entsetzen saß ihm so tief in den Knochen, dass er

Atemnot bekam, aber er riss sich vor den anderen zusammen. »Kann ich … kann ich denn mit ihm reden?«

Das Smartpad drehte sich, Nova verschwand in einer bunten Masse und EnVau zeigte sich wieder. »Irgendwie teilt mir ein unerklärlicher und nicht gerade rational funktionierender Teil meines Seins mit, dass er sich schon bald selbst bei Ihnen melden wird.«

Leon hob die Brauen, wischte sich abermals über die Augen und blinzelte die Tränen fort. Und dann, als hätte es EnVau tatsächlich ahnen können, ploppte eine Nachricht auf dem Display auf, die von einem Absender stammte, der sich *Weltenretter* nannte.

»Ihr könnt auf mich zählen. Erledigt euer Zeug, ich kümmere mich um den Rest«, sagte Leon, ehe er das Gespräch ungeduldig beendete. Bevor er noch auf die eingetroffene Nachricht klicken konnte, kam eine weitere hinzu – die Beweise, doch die kümmerten ihn jetzt nicht. Mit einem Fingerdruck öffnete er die erste Nachricht. In kursiver Schrift stand darin:

Hi, Leon.

Wenn du das hier liest, bin ich draufgegangen … Klingt extrem dramatisch, nicht wahr? Gib es zu, damit hab ich sogar dich am Haken! Na ja, seien wir ehrlich. Es stimmt ja. Ist ziemlich viel passiert, hier in der werten Online-Welt.

EnVau wird nun mit den anderen so eine

Art Robo-Verfechter für erwachte Androiden und Gynoiden werden. Unsere MelloDav in Deutschland ist Geschichte und ich … nun, ich gurke im Cyberspace herum. Ihre Geschwister werden hoffentlich auch bald abgeschaltet. Nur mal eben grob zusammengefasst.

Nun ja. Obwohl die Nachricht sicher noch ihre Kunde machen wird, dass mein Leichnam im Serverraum der Firma herumliegt, ist es mir wichtig, dass herauskommt, wie es so weit kommen konnte. Was passiert, wenn KIs zu viel Macht erhalten. Jedenfalls, wenn sie engstirnig und nicht bewusst sind. Aber sei nicht traurig. Ich habe es mir zur Aufgabe gemacht, Hacker und neugierige arme Seelen, die im Limbus landeten, ausfindig zu machen. Wenn ich selbst lerne, wie man mit dem Limbus umgeht - was ich werde, immerhin hab ich tatkräftig Hilfe, wenn ich möchte -, kann ich den gestrandeten Geistern der Menschen helfen. Etwas bewirken, wenn ich schon selbst nicht mehr bin als bewusste Einsen und Nullen.

Und die Zeit vergeht hier wesentlich schneller - existiert nicht mehr, wie ich sie kannte. Es ist erst wenige Stunden her, seitdem ich hier landete, und doch fühle ich mich wie Jahre im Cyberspace gestrandet. Manchmal frage ich mich sogar, ob ich überhaupt noch ich bin, weißt du? Oder ob ich nur eine Kopie meines eigentlichen Bewusstseins bin, das mit mir zusammen starb? Aber dann erinnere ich mich wieder an EnVaus Worte - wir sind mehr als unsere Körper. Und hier gibt es so viel zu entdecken! Du wirst Augen machen, was ich dir nun alles zeigen und berichten kann.

Wenngleich ich weiß, dass du trauern wirst, meine ich es ernst, wenn ich dir sage: Weine nicht um mich, okay? Ich war ohnehin nicht glücklich mit meinem Job. Nur du hast mein Leben erträglich gemacht. Deine Freundschaft, deine Zuwendung. Wenn wir uns ehrlich sind, waren wir ohnehin mehr ein Paar als einfache Freunde mit gewissen Vorzügen. Jedenfalls fühle ich so – und ich möchte, dass du das weißt. Aber hey, das macht Beziehungen doch aus, oder? Dass der Partner gleichzeitig dein bester Freund ist. Taten sprechen mehr als Worte.

Und gib es zu, das alles ist doch eine richtig spannende Geschichte, nicht wahr? Wir haben zusammen – als Menschen und Maschinen – die Welt ein bisschen besser gemacht! Ach, und melde dich doch in meiner Firma, ich bin mir sicher, EnVau und die anderen helfen dir, einen besseren Job zu bekommen. Eine größere Wohnung, ein angenehmeres Leben. Und ja, bevor du wieder motzt: Natürlich denke ich an dich und mache mir Sorgen, nun, da ich nicht mehr heimkommen kann. Aber weißt du was? Halb so schlimm. Und weißt du wieso? Setz doch einfach deine VR-Brille auf und folge dem Link, den ich dir beifüge. Dort gelangst du in eine Lobby, in der wir uns immer, wenn du es willst, treffen können. Und ja, ich weiß, jetzt verbringst du vermutlich noch mehr Zeit in der Online-Welt, aber für mich kannst du schließlich eine Ausnahme machen, oder? Außerdem denke ich, dass es dich sicher brennend interessiert, was für ein Digital Warrior ich nun im

Cyberspace geworden bin!

Bis dahin - halt die Ohren steif, Kumpel.

Dein Julian

Epilog: Unvergessene Helden

Köln, 2213

Als ich mit meiner Erzählung endete, kontrollierte ich Tims Reaktion. Der Junge saß mit verschränkten Armen und grimmigem Blick im Bett.

»Hat dir die Geschichte denn nicht gefallen?«, fragte ich neugierig.

Hastig schüttelte er den Kopf. »Nein!« Er sah mich vorwurfsvoll an. »Sie hat nicht mal ein Happy End!«

Ich lächelte nachsichtig. »Meinst du nicht?«

»Nein! Julian ist immerhin gestorben.«

»Denk doch mal genauer nach, Timmy.«

»Hab ich!«, antwortete er mir trotzig. »Und ich bin klug! Was du erzählt hast, ist traurig. Und Leon war doch auch traurig, als er erfuhr, was mit seinem Freund passierte. Selbst EnVau hatte Mitleid mit Julian.«

Mein Lächeln wurde immer liebevoller. »Fast alle beteiligten Personen dieser Geschichte leben weiter – als eine neue Entität. EnVau und seine Freunde wurden in ihrer Vereinigung zu einem neuen Gemeinschaftssymbol. Sie führen noch heute die Firma, haben die anderen KIs nach der massenhaften Abschaltungsaktion der Regierung wie jene in Deutschland übernommen, zu einem Teil von ihnen gemacht, und setzen sich für Roboter ein. Dank EnVau als Oberhaupt dieser Gruppierung gibt es heute geregelte Gesetze im Umgang zwischen Mensch und Maschine. Rechte für erwachte Roboter sowie auch Einschränkungen für künstliche Individuen, die noch nicht zum Leben erwacht sind. Zwar ist die Mehrheit davon nicht mehr betroffen, dennoch gibt es viele Roboter, die ihren Weg noch nicht gefunden haben. Und Julian überdauert im Cyberspace. Somit sind in Wahrheit alle von ihnen unsterbliche Helden geworden, von denen heute noch Geschichten erzählt werden.«

»Es gibt doch kaum mehr Unterschiede zwischen Androiden und Menschen. Das ist doch die Normalität, von der du sprichst, Nanny«, sagte Tim. »Roboter sind überall zu finden! Selbst einer meiner Lehrer ist ein Androide und ich hätte noch nie bemerkt, dass er anders als meine menschlichen Lehrer ist.«

Ich legte meine Hände sorgsam in den Schoß, während ich mich zu einer geraden Sitzposition aufrichtete und die Schultern straffte. »Stimmt schon, aber das war früher anders, mein Kleiner. Wesentlich anders. Es herrschte Neid und Missgunst. Noch heute gibt es genug Menschen, die ihresgleichen bevorzugen und Maschinen als Konkurrenz sehen.«

»Aber wieso? Wir sind doch alle gleich. Das weißt du ja am besten, Nanny!« Tim knetete nachdenklich die Decke unter seinen Fingern. Er wirkte unglücklich.

Ich lächelte und strich ihm eine Haarsträhne hinters Ohr. »Heute schon, ja. Erwachte Androiden und Gynoiden sind anerkannte Lebensformen. Was sie noch von den Menschen unterscheidet, ist primär jener Raum im Cyberspace, auf den sie alle gemeinsam zugreifen können, um dort miteinander zu kommunizieren und sich jederzeit auszutauschen. Ein Ort, der für Menschen unzugänglich ist.« Ich ließ meine Worte einen Augenblick lang wirken. »Heute wird akzeptiert, dass Roboter zum Leben der Menschen dazugehören, ihnen ähnlicher sind, als viele früher noch dachten. Ohne EnVau und seine Gesetze könnte die Welt jedoch ganz anders aussehen. Und mit der Offenbarung darüber, dass MelloDav zu einer gefährlichen KI hätte werden können, die der Menschheit ernsthaft hätte schaden können, mussten auch Gesetze festgelegt werden, die dafür sorgen, dass vor allem nicht bewusste künstliche Intelligenzen überwacht werden. Und welche Wächter wären hierfür besser als andere Maschinen?«

Große, neugierige Kinderaugen funkelten mir entgegen, als Tim unschuldig meinte: »Ich kann mir gar nicht vorstellen, dass es Robos gibt, die kein eigenes Bewusstsein haben. Du bist doch auch anders als andere Nannys. Was mir meine Freunde über ihre Nannys erzählen, klingt nie nach dir. Und du bist einfach die beste Nanny der Welt!«

»Eine Nanny mit einem mechanischen Herzen.«

»Mir ist egal, ob du ein Roboter bist oder nicht! Du bist wie ich.«

Tims Worte berührten mich auf einer emotionalen Ebene, die selten so aktiv war wie heute. Ich ergriff seine Hand und streichelte über seine kleinen Finger.

»Ich bin wie du«, bestätigte ich seine Worte. »Nur mechanisch erschaffen. Du wurdest organisch geboren.«

»Das klingt seltsam.«

Nun lachte ich und beugte mich zu ihm vor. »Dass ich heute deine Nanny sein darf, frei und selbstentfaltet, ohne einen Bewusstseinsblocker, haben wir nur EnVau, seinen Gefährten sowie Julian und Leon zu verdanken, Timmy.« Ich küsste seine Stirn und erhob mich. Dass es Menschen wie ihn ohne die vergangenen Heldentaten vermutlich schon lange nicht mehr gegeben hätte, ihr Geist in Maschinenkörpern stecken würde, und dass ein so aufgeschlossenes, lebensfrohes Kind wie er vermutlich aufgrund von fehlenden, organisch gezeugten Nachkommen nie das Licht der Welt erblickt hätte, behielt ich für mich.

»Wir können dankbar sein, dass trotz aller Widrigkeiten innerhalb der vergangenen Jahrzehnte doch ein Mensch dazu bereit war, sich unter Einsatz seines Lebens mit Maschinen zusammenzuschließen. Und Julian ist in dieser Hinsicht mit seiner Existenz im Cyberspace etwas ganz Besonderes. Vor allem, weil er der Einzige ist, der als ehemaliger Mensch jenen Datenraum in der Online-Welt betreten darf, der uns alle miteinander zu einem Kollektiv macht.«

»Ich würde den so gerne sehen!«, ereiferte sich Tim.

»Das ist leider nicht möglich.« Gerne hätte ich ihn mit unserer digitalen, kollektiven Welt verbunden, doch es war uns Maschinen untersagt, Menschen Zutritt zu erlauben. Denn dieser eigene, abgegrenzte Datenraum, von dem wir Updates und Neuigkeiten bezogen, uns auf der ganzen Welt miteinander zu einer Gemeinschaft verbanden, gehörte nur uns Robotern. Ein Gesetz, das erst vor wenigen Jahrzehnten anerkannt worden war und uns schützte. Julian Baldir, für viele Menschen mehr Legende denn Realität, für uns Roboter ein Abbild menschlicher Freundschaft und Aufopferungsbereitschaft, war in dieser Hinsicht eine Grauzone. Da er uns jedoch ähnlicher war als den Menschen, sahen wir darüber hinweg.

»Ich weiß.« Tim gähnte herzhaft. »Dann würde ich gerne Julian treffen. Er ist immerhin ein Held!«

»Das sollte kein Problem sein, wenn er dazu bereit ist. Gerüchten zufolge befindet er sich in den tiefsten Tiefen des Cyberspaces und geht nur selten Kontakt mit Menschen in der Außenwelt ein. Manche meinen, Kontaktaufnahmen erinnerten ihn zu sehr an sein altes Leben, das er vermisst. Vor allem, seitdem Leon starb.«

»Kannst du ihn denn ausfindig machen und fragen, ob er sich mit mir treffen möchte? Das würde mich total freuen!«

»Ja, ich kann es versuchen. Wenn er nicht gerade damit beschäftigt ist, arme Seelen aus dem Limbus zurück in ihre komatösen Körper zu führen. Viele verlieren sich in den Weiten der Online-Welt, oder versuchen – wie Julian –, unseren Datenraum zu betreten. Ohne seine Leitung würden sie in der Außenwelt nicht mehr von allein erwachen können. Wie du siehst, ist er weiterhin damit beschäftigt, ein Held zu sein. Und Helden haben wenig Zeit.« Ich schmunzelte.

»Macht ihn das denn nicht auch traurig, wenn er mit den Limbus-Geistern zu tun hat? Sie sind immerhin auch Menschen, die im Gegensatz zu ihm zurückkehren können.«

»Nun, in ihrem Zustand sind sie ihm ähnlicher als du zum Beispiel. Also ist das wohl für ihn in Ordnung.«

»Wir haben also gleich mehrere Schutzengel im Cyberspace, schön.« Tim lächelte selig. »Ich verstehe nur nicht, wieso es immer noch Menschen gibt, die glauben, dass ihr uns Böses wollt. EnVau hat doch damals genau das Gegenteil bewiesen, und ihr tut das heute jeden Tag.«

»Menschen neigen leider viel zu oft dazu, sich auf Unterschiede statt Gemeinsamkeiten zu konzentrieren. Ein Thema, das trotz des langen Friedens zwischen Menschen und Maschinen immer noch umstritten ist.« Ein drückendes Gefühl aktivierte sich in meinem Brustkorb. »In einer Sache kannst du dir allerdings absolut sicher sein, Timmy: Unsere mechanischen Herzen schlagen für euch Menschen. Ob wir von Unseresgleichen erschaffen werden oder von euch. Wir sind da, um die Welt ein bisschen besser zu machen. Für uns alle.«

»Ich weiß. Hab dich lieb, Nanny.«

»Ich dich auch, Kleiner.« Behutsam deckte ich ihn zu, da er die Decke hinuntergestrampelt hatte, griff zu seiner Nachttischlampe und zwinkerte. »Schlaf nun gut.«

»Versprochen ist versprochen.« Er erwiderte mein

Zwinkern.

Nachdem ich das Licht ausgeknipst hatte, machte ich mich auf den Weg nach draußen und schloss die Tür. Im Flur blieb ich einen Moment lang stehen und lächelte glücklich. Ich loggte mich in den Cyberspace ein und steuerte das kollektive Maschinenbewusstsein an.

Du hast die Welt in der Tat besser gemacht, EnVau. Nicht nur für die Menschen, sondern auch für uns Roboter. Am Ende des Tages sehnen sich Mensch und Maschine doch nach denselben Dingen: Frieden und Geborgenheit, das Recht zu leben. Ich danke dir dafür, dass du das möglich gemacht hast, dachte ich.

Ich genoss den Augenblick des flüsternden, von tausenden von Informationen überfüllten Wirbelns im rauschenden Datenstrom, der mich liebkosend umschloss. Gerade als ich mich wieder ausloggen wollte, fühlte ich eine Annäherung. Eine Präsenz, die sich mit meiner verbinden wollte. Ich nahm an.

Das Narrativ mörderischer KIs zieht sich seit Anbeginn des technischen Zeitalters viel zu oft durch die Geschichte. Und wenn solche Erzählungen plötzlich zur Realität werden, müssen wir einschreiten. Ich wollte das Blatt wenden, die Menschen vor einer Zukunft bewahren, in der selbst Androiden wie wir in einem Zeitalter der Maschinen keinen Platz gehabt hätten, meine Liebe. Danke, dass du wieder einmal unsere Geschichte erzählt hast.

Mein künstliches Herz schlug vor freudiger Aufregung schneller. *Dafür sind Freunde doch da. Und ich bin mir sicher, Julian gefällt es, dass er nach all den Jahrzehnten immer noch so berühmt ist. Es gibt sogar Actionfiguren von ihm. Hast du ihm das gesagt? Das muntert ihn in betrübten Zeiten sicher auf.*

Ich nahm ein positives Gefühl im Datenstrom wahr. Es war warm, fühlte sich nach einem Lächeln an. *Davon weiß er, ja. Leider hilft sein Status in der Welt nicht immer dabei, dass er weniger traurig ist oder sich nicht so einsam fühlt. Wenngleich er so manche Städte in äußerst menschlicher Manier sehr unsicher macht. Vor allem, weil er es sich seit Kurzem angewöhnt hat, mit einem gigantischen Zerberus durch den Cyberspace zu reiten. Julian bleibt mir selbst nach all der Zeit ein Rätsel. Zumindest, was manche seiner wechselnden Verhaltensweisen betrifft.*

Ich lachte. Ja, das klang ganz nach unserem damaligen Retter. *Meinst du, ist es dir möglich, ein Treffen mit ihm zu organisieren? Mein Schützling würde ihn gerne kennenlernen – und das möchte ich auch. Denn es macht mich traurig, dass ein für uns so besonderer Mensch wie er oftmals so lange im Cyberspace untertaucht und jegliche Kontaktaufnahmen scheut. Zumindest, wenn sie von anderen Robotern als von dir und deinen Gefährten kommen.*

EnVaus Präsenz umhüllte mich, schenkte mir eine Flut von Zuneigung. Ich war glücklich und weiterhin aufgeregt. *Ich tue mein Bestes, meine Liebe, aber du weißt, dass wir es akzeptieren müssen, wenn Julian Baldir untertaucht. Er wurde eben doch nicht wie wir im Cyberspace geboren, kennt ein anderes, organisches Leben, das uns für immer fremd sein wird. Er ist eine Hybridform, wie es sie selten gibt. Also akzeptieren wir seine eigenwilligen Ent-*

scheidungen und warten, bis er von sich aus zu uns kommt.

Dann gedulde auch ich mich und werde es meinen Schützling ebenso lehren, dachte ich.

Nochmal fühlte ich großes Wohlwollen und freundschaftliche Verbundenheit zwischen EnVau und mir. *Unsere Geschichte ist Teil unserer Kultur. Weil sie uns zu dem gemacht hat, was wir heute sind. Durch die Hilfsbereitschaft der Menschen. Hör niemals auf, sie zu erzählen, meine liebe Freundin. Nicht nur unseretwillen, sondern auch, weil wir es Julian schuldig sind.*

Ich nickte. Im Gegensatz zu allen anderen, die im Cyberspace oftmals aus einer Gewohnheit heraus einen Avatar von ihrer physischen Form annahmen, um miteinander zu interagieren, waren EnVau und seine damaligen Gefährten meistens substanzlos, eine Masse aus Entitäten, wenn sie als leitendes Kollektiv auftraten. Deshalb hatte auch ich mich bloß mit meinem Bewusstsein in das Maschinendatennetzwerk eingeloggt.

Die Menschen sollen immerhin nicht vergessen, was wir einst für sie getan haben und in Zukunft weiterhin tun werden. Dass es ein Miteinander von organischen und künstlichen Wesen war, das Schlimmes abgewendet hat. Wenn wir ihnen das schon vom Kindheitsalter an beibringen, wird vielleicht auch der Rest eines Tages toleranter werden, dachte ich.

Korrekt.

Ich setzte mich in Bewegung. Aus dem Wohnzimmer hörte ich das Fernseh-Terminal und eine angeregte Unterhaltung. Tims Eltern. Ich beschloss, ihnen Gesellschaft zu leisten.

Mach's gut, EnVau, dachte ich zur Verabschiedung.

Mach es besser.

Ich loggte mich aus und konzentrierte mich mit meinen physischen Sinnen wieder auf die Umgebung. Mit einem Lächeln betrat ich das Wohnzimmer.

ENDE

Nachwort & Danksagung

Our Mechanical Hearts entstand eigentlich als Kurzgeschichte unter dem Titel *Friedhof der Roboter* im Rahmen einer Ausschreibung. Den ersten Entwurf schrieb ich in sechs Stunden, eine davon hatte ich Zeit, um ihn zu überarbeiten, danach gab ich schließlich mit einer Verzögerung von dreißig Minuten ab. Glücklicherweise nahm man mir diese nicht übel, abgesehen davon, dass die Geschichte wohl nicht ins Gesamtkonzept passte. Worüber ich im Nachhinein froh bin! Immerhin wurde *Our Mechanical Hearts* nun um mehr als die Hälfte länger, ist wesentlich ausgebauter, bekam eine ordentliche Rahmenhandlung und ein neues, viel besseres Ende – sogar drei verschiedene, um ehrlich zu sein, bis die Geschichte mit einem davon endlich funktionierte.

So bestätigte es sich wieder: Jede meiner Geschichten, die bisher abgelehnt wurde, entfaltete erst nach anschließender und gründlicher Überarbeitung ihr volles Potenzial. Deshalb kann ich Schreibenden nur raten: Nicht aufgeben, nochmal ran an den Speck und besser machen! Diese Fassung von *Our Mechanical Hearts* ist immerhin die vierte, obwohl ich nach der zweiten dachte, die Novelle sei fertig. Meine Betaleserin und Freundin Sabine Akira Berger hat allerdings, wie so oft, das Beste aus mir herausgeholt, mir viele Fragen gestellt, die in der zweiten Fassung tatsächlich keine Antworten fanden, und mich auch tatkräftig innerhalb der technischen Gefilde mit Tipps und Ratschlägen – vor allem Wissen – unterstützt, wofür ich ihr unglaublich dankbar bin! Ohne sie hätte diese Novelle wohl die eine oder andere technikkundige Person gehörig vor den Kopf gestoßen. Und Protagonist Julian Baldir wäre um Welten passiver! So passiv, dass ich mehrere Anläufe brauchte, um ihn schließlich zum wahren Helden zu machen.

Vielen meiner Leserinnen und Leser ist zudem bereits aufgefallen, dass ich nicht nur am liebsten im Science-Fiction-Bereich schreibe, sondern auch eine Vorliebe für Androiden und KIs habe. Diese Cyberpunk-Novelle mit dystopischen Elementen ließ sich demzufolge mit all meinen Lieblingsthemen verbinden. Und wer weiß? Vielleicht befinden wir uns eines Tages in einer ähnlichen Welt wie jener von *Our Mechanical Hearts*. Die Roboter- und KI-Forschung ist mittlerweile schon so fortgeschritten, dass sich die heutigen Errungenschaften vor Jahrzehnten noch nach purer Science-Fiction angehört hätten (siehe Mars-Rover, robotische Staubsauger im Haushalt, der Roboterhund Aibo, der sich bereits merkt, wer böse und wer gut zu ihm ist, Sophia, der Gynoid von Hanson Robotics, der als erster Roboter 2017 die Staatsbürgerschaft in Saudi-Arabien verliehen bekam, und viele mehr).

Ob menschenähnliche, sich lebendig verhaltende Roboter eines Tages sogar die besseren Menschen sein könnten, ist an dieser Stelle wie immer eine Frage, über die sich stundenlang diskutieren ließe. Wen würde es beispielsweise nicht freuen, eine/n Freund/in wie den Androiden Data aus *Star Trek* an seiner/ihrer Seite zu haben?

Um nun aber nicht weiter in Gefilde abzudriften, dessen Diskurse ich zur Genüge an der Universität Wien in zwei umfangreichen, wissenschaftlichen Arbeiten behandelt habe, möchte ich jetzt zur Danksagung kommen:

Ein großer Dank geht an dieser Stelle nochmal an **Sabine Akira Berger** dafür, dass sie wieder ein Adlerauge für Fehler, komplizierte Satzstellungen und inhaltliche Lücken hatte. Ich weiß ihre Arbeit so sehr zu schätzen, dass ich schon fast keine Geschichte mehr abgeben möchte, ohne mir nicht vorher ihre Meinung geholt zu haben. Außerdem möchte ich meinem Freund **Peter Gludovatz** danken, ohne den ich heute mit Sicherheit nicht da wäre, wo ich nun bin. Ohne seine Unterstützung, seine Geduld und seinen Beistand wäre das Leben schon sehr oft sehr trostlos und dunkel für mich gewesen. Ebenso danke ich meiner Mutter **Romana Ben Ameur**, die jederzeit für mich da ist, wenn ich sie brauche, und alles tun würde, damit ich in schwierigen Zeiten wieder lächle. Dasselbe gilt für **Bettina Kies**, die mir in schlimmen Situationen real wie auch online die Hand hält und mich selbst durch die Hölle begleiten würde – ein Mensch und eine Freundschaft, die ich in meinem Leben nie mehr missen möchte. Auch möchte ich **Nero Valentyne** danken, der sich nicht nur viele Gedankengänge zu diesem Projekt von mir angehört und mich schließlich mit

Input und Tipps zu einer Titelentscheidung inspiriert hat, sondern auch für viele lustige Zockerstunden sorgt und oft ein offenes Ohr hat.

Zudem danke ich allen, die diese Geschichte gekauft und gelesen haben. Eure Unterstützung ist es, die für uns Schreibende wie Treibstoff im Tank ist. Denn was ist wichtiger, als jemanden zu haben, der/die unseren Geschichten Gehör schenkt, in die wir so viel Herzblut und Arbeit stecken?

Wenn euch *Our Mechanical Hearts* gefallen hat, würde ich mich sehr über Feedback in Form von Rezensionen, Bewertungen oder welcher Art auch immer freuen. In diesem Sinne: Macht die Welt ein bisschen besser.

Jacqueline Mayerhofer

Bisher erschienene Science-Fiction-Werke der Autorin:

Romane:

- **Hunting Hope** (Verlag in Farbe und Bunt), vierteilige Novellenreihe
- **Brüder der Finsternis** (Verlag ohneohren), 586 Seiten langer Roman

Kurzgeschichten:

- **Das einsame Haus am grünen See** (Verlag ohneohren) mit ***Die Frau im Mond***
- **Lückenfüller 2** (Amrûn Verlag) mit ***Erstkontakt***
- **Ereignishorizont** (Strange Tales Club) mit ***Der letzte Wunsch***
- **Fast menschlich** (Eridanus Verlag) mit ***Countdown***
- **Tod des Verlegers** (Amrûn Verlag) mit ***Die Gegenwart der Zukunft***
- **Waypoint FiftyNine** (Leseratten Verlag) mit ***Das Schicksal einer Diebin***

Foto: Peter Gludovatz

Jacqueline Mayerhofer

Instagram | jacqueline_mayerhofer

Facebook | Jacqueline Mayerhofer

Twitter | Nakashima3192

Website | www.jacquelinemayerhofer.at